共和国故事

西部报捷

——兰成渝成品油输送管道工程胜利竣工

张学亮 编写

吉林出版集团股份有限公司

图书在版编目（CIP）数据

西部报捷：兰成渝成品油输送管道工程胜利竣工/张学亮编. ——长春：吉林出版集团股份有限公司，2009.12

（共和国故事）

ISBN 978-7-5463-1911-7

Ⅰ.①西… Ⅱ.①张… Ⅲ.①纪实文学－中国－当代 Ⅳ.①I25

中国版本图书馆 CIP 数据核字（2009）第 237750 号

西部报捷——兰成渝成品油输送管道工程胜利竣工

XIBU BAOJIE LANCHENGYU CHENGPINYOU SHUSONG GUANDAO GONGCHENG SHENGLI JUNGONG

编写	张学亮		
责任编辑	祖航 息望		
出版发行	吉林出版集团股份有限公司		
印刷	三河市嵩川印刷有限公司		
版次	2010年1月第1版		2022年1月第8次印刷
开本	710mm×1000mm 1/16	印张 8	字数 69千
书号	ISBN 978-7-5463-1911-7	定价	29.80 元
社址	吉林省长春市福祉大路5788号		
电话	0431-81629968		
电子邮箱	tuzi8818@126.com		

版权所有 翻印必究

如有印装质量问题，请寄本社退换

前　言

　　自1949年10月1日中华人民共和国成立至今，新中国已走过了60年的风雨历程。历史是一面镜子，我们可以从多视角、多侧面对其进行解读。然而有一点是可以肯定的，那就是，半个多世纪以来，在中国共产党的领导下，中国的政治、经济、军事、外交、文化、教育、科技、社会、民生等领域，都发生了深刻的变化，中国人民站起来了，中华民族已屹立于世界民族之林。

　　60年是短暂的，但这60年带给中国的却是极不平凡的。60年的神州大地经历了沧桑巨变。从开国大典到60年国庆盛典，从经济战线上的三大战役到经济总量居世界第三位，从对农业、手工业、资本主义工商业的三大改造到社会主义市场经济体制的基本确立，从宜将剩勇追穷寇到建立了强大的国防军，从废除一切不平等条约到独立自主的和平外交政策，从"双百"方针到体制改革后的文化事业欣欣向荣，从扫除文盲到实施科教兴国战略建设新型国家，从翻身解放到实现小康社会，凡此种种，中国人民在每个领域无不留下发展的足迹，写就不朽的诗篇。

　　60年的时间在历史的长河中可谓沧海一粟。其间究竟发生了些什么，怎样发生的，过程怎样，结果如何，却非人人都清楚知道的。对此，亲身经历者或可鲜活如昨，但对后来者来说却可能只是一个概念,对某段历史的记忆影像或不存在,或是模糊的。基于此,为了让年轻人,特别是青少年永远铭记共和国这段不朽的历史,我们推出了这套《共和国故事》。

《共和国故事》虽为故事,但却与戏说无关,我们不过是想借助通俗、富于感染力的文字记录这段历史。在丛书的谋篇布局上,我们尽量选取各个时代具有代表性或深具普遍意义的若干事件加以叙述,使其能反映共和国发展的全景和脉络。为了使题目的设置不至于因大而空,我们着眼于每一重大历史事件的缘起、过程、结局、时间、地点、人物等,抓住点滴和些许小事,力求通透。

历史是复杂的,事态的发展因素也是多方面的。由于叙述者的视角、文化构成不同,对事件的认知或有不足,但这不会影响我们对整个历史事件的判断和思考,至于它能否清晰地表达出我们编辑这套书的本意,那只能交给读者去评判了。

这套丛书可谓是一部书写红色记忆的读物,它对于了解共和国的历史、中国共产党的英明领导和中国人民的伟大实践都是不可或缺的。同时,这套丛书又是一套普及性读物,既针对重点阅读人群,也适宜在全民中推广。相信它必将在我国开展的全民阅读活动中发挥大的作用,成为装备中小学图书馆、农家书屋、社区书屋、机关及企事业单位职工图书室、连队图书室等的重点选择对象。

编　者

2010 年 1 月

目录

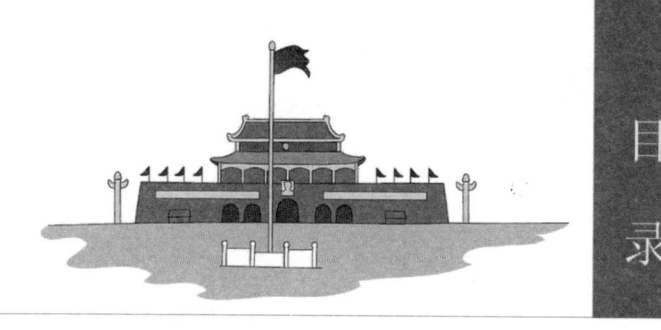

一、规划决策

国家计委专题研究管道建设问题/002

甘肃省批准修建管道工程/007

国务院批准兰成渝管道建设工程/010

二、勘测设计

董盛厚踏勘兰成渝输油线路/016

进行兰成渝线路优选设计工作/030

优化设计兰成渝线位敷设方案/035

领导机关进行线路实地踏勘/042

三、施工建设

开工建设兰成渝管道工程/048

军队官兵战斗在兰成渝工地/056

建设者黄土高原摆战场/063

施工队再战秦岭大巴山区/069

管道三公司大战输油隧道/077

建设者在四川平原与河水决战/082

管道局奋战川渝丘陵地段/093

地方政府支援兰成渝输油管道建设/104

兰成渝输油管道通过国家验收/114

一、规划决策

- 1995年12月25日,国家计委材料司组织有关单位,在北京香山饭店对"兰成管道"涉及的问题进行专题研究。

- 邹家华对他们的说法表示同意,并指示甘肃自筹资金,合资建设输油管道。

- 国务院正式批准《兰州—重庆输油管道工程可行性研究报告》,兰成渝输油管道工程全面启动。

国家计委专题研究管道建设问题

1995年12月25日,国家计委材料司组织有关单位,在北京香山饭店对"兰成管道"涉及的问题进行专题研究。

"兰成管道"即兰州至成都的原油输送管道。早在20世纪90年代初,中国石油天然气总公司和中国石油化工总公司就组建了专门机构,着手进行由大西北进入四川的管道建设的勘察准备工作。

在当时,西南地区是我国极具发展潜力的经济地区和战略大后方,但受各种客观条件的制约,这里是我国唯一没有大中型炼油企业的地区,石油资源匮乏,所需要的石油绝大多数要从外地调入。

西北地区石油系统在贯彻落实党中央、国务院提出的石油工业要"稳定东部、发展西部、油气并举"战略决策以来,西部石油工业得到迅速发展,从新疆、塔里木、吐哈到青海、玉门、长庆各油田,原油产量年年在增加。

1994年的全国第二次油气资源评价说明,我国西北地区石油资源十分丰富。全国石油资源为940亿吨,西北地区为277.4亿吨,占全国的29.5%,占陆上资源的40%。经过5年的勘探,补充评价后的石油资源量达322

亿吨，占全国总资源量的 34.3%。

同时，西北炼油加工能力也很大，结果造成西北地区石油资源过剩，原油、成品油均供大于求。

而且由于西北通往西南的铁路运输很紧张，运距长、运费高，难以保证供应，影响了石油产品的运输。产品销路不畅，使炼油厂生产难以平稳进行，设备利用率不足 70%，进而影响油田企业正常生产。

长期以来，西南地区特别是四川、重庆成品油市场油源纷杂，油品经营单位多，市场混乱，竞争无序，造成成品油市场供应一直处于紧缺状态。

而油品富余的西北地区由于没有安全、平衡、经济的运输通道，无法将成品油大量地运进西南地区，尤其是川渝地区。在那里，汽车排长队等候加油，限时限量加油的事经常发生，严重影响了那里的工农业生产。

当时，油品运输的主要方式有铁路、公路、水路、管道等。对比这几种运输方式，有关部门建议："能否建一条输油管道，将西北地区过剩的油品运往西南地区，使资源优势真正转化为经济优势。"

答案是肯定的，但困难也相当大。

1992 年，新疆石油管理局曾经两次提出建议，与兰州军区协商共同铺设宝鸡至广元、天水至广元、兰州至成都的输油管道。

石油供应体制改革后，中国石化销售西北公司、兰州炼油化工总厂又向兰州军区提出修建兰州至成都输油管道的设想。

1993年,鉴于影响四川省油品市场供应的首要因素是运输问题,但是铁路运输又受到多种因素的制约,中国石化销售西北公司与兰州军区后勤部研究,协商由军队建设战备管道,修建兰州至成都输油管道,以解决油品入川的运输困难。

这一次次的建议虽然由于种种原因,都最终没有结果,但是这些想法却大大开拓了人们的思路。

1994年,油品进川的运输问题又被重新提了出来。这时,成品油管道建设的方案也被提到议事日程,这个设想方案在四川省召开的石油协会会议上引起了极大的轰动。

此后不久,兰州军区后勤部与中国石化销售西北公司以及兰州炼油化工总厂,根据油品运输和配置管理的实际情况,他们联合提出了合资建设"西北军民共用成品油管道"的设想。

1995年3月7日,中国人民解放军总后勤部,正式向国家计委上报《关于兰州至成都军民共用输油管道工程建设立项的请示》。

此后,兰州军区后勤部西北实业公司、中国石化销售西北公司和兰州炼油化工总厂联合出资,成立了甘肃金陇石化管输有限责任公司,成为兰成军民共用输油管道工程的业主。

1995年10月,中国石化销售西北公司正式申报了新的《兰成管道预可行性研究报告》。

12月8日，中国石化总公司正式报请国家计委，要求审批《西北军民共用成品油管道工程项目建议书》。

与此同时，考虑到促进四川经济发展，满足对成品油资源的需求，缓解进川铁路运输紧张的局面，中国石油天然气总公司和四川省共同上报国家计委，建议建设从武威至成都的输油管道。

建议书中都表达了大家盼望西部经济腾飞的强烈意愿。政府希望拓展自己的优势，企业盼望扩大对商品的占有率，军队则要满足石油供给以巩固国防，大家都想到一块儿去了。

12月25日，在香山召开有关问题研讨会，"兰成管道"涉及的单位都派代表出席了会议。

参加会议的单位有：甘肃省、四川省计委负责人，中国石油化工总公司计划部、销售公司、咨询公司专业人员，中国石油天然气总公司计划局、规划局有关负责人，解放军总后勤部油料部有关负责人，中国国际工程咨询公司专家，国家计委原材料司、规划司、综合司、市场司等有关司局领导和主管、负责人等。

与会专家普遍认为：

> 西南是我国最大的缺油地区，西南缺油尤其是四川缺油的矛盾随着地区经济发展，将会日趋突出。而西北是我国重要的原油产地，也

是"稳定东部、发展西部"石油发展战略的重点，是最具希望和潜力的石油基地之一。西北炼油工业基础较好，石油商品资源最多，是解决西南供油问题的最有利渠道。建设兰州至成都输油管道是缓解西部资源压力和四川油品供应紧张最现实的途径。

大家各抒己见，与会者达成共识，但在具体问题上也有分歧，主要是修建管道的建议是对的，关键是修建原油管道还是建成品油管道。

甘肃省批准修建管道工程

1996年1月2日，国家计委交通能源司再次委托中国交通运输协会管道专业委员会，会同有关单位，对兰州至成都输油管道建设工程项目开展研究工作，并提出咨询意见。

国家计委要求：

重点研究"九五"及2010年四川省对油品需求和市场预测。

"九五"及2010年如何解决四川省油品供应问题，促进地区经济发展。

要从战略高度考虑四川省油品资源问题怎样解决，采取何种运输方式合理，运输原油还是成品油合理，研究管道运输的经济效益问题。

提出输油管道建设的形式和方案，以及建议国家需要采取的政策和措施。

交通运输协会管道专业委员会受国家计委交通能源司的委托，组织了包括国家计委综合运输研究所、石油大学、石油规划设计总院、石化规划院、中国石油天然气管道局、管道勘察设计院等单位的有关专家，组成进川管道工作小组，对西北石油资源合理配置、进川石油运输方式、进川石油管道方案进行了研究。

1月20日，甘肃省省长张吾乐和常务副省长郭琨在向邹家华副总理汇报"九五"规划时，提出石化作为甘肃经济的重要支柱产业之一，兰成管道是关键。

邹家华对他们的说法表示同意，并指示甘肃自筹资金，合资建设输油管道。

1996年7月，国家计委交通能源司委托管道运输协会，就进川输油管道及如何解决西南地区用油问题，在北京举行了专家论证会。

大家反复运筹，就像在酝酿一项重大的发明，为了取得准确的论证数据，领导、专家和学者，许多科研人员和设计人员无私奉献，把汗水洒在群山上。

中央政府主管部门和地方政府群策群力，共同研究论证。这条专门输油的管道，惊动了整个中国。

在中央各部门正进行紧张论证的同时，地方政府为满足地区经济发展的需要，按照自己的地域权力和责任，已经开始对管道建设进行多方面的具体规划。

1996年8月7日，甘肃省副省长郭琨主持召开工作会议，研究兰州至阳平关成品油管道前期筹备有关事宜。

会议决定先期建设兰州至阳平关成品油管道，由省计委出面协调此项工程，由兰州炼油化工总厂、中国石化销售西北公司、兰州军区后勤部西北实业总公司三方负责西北军民共用输油管道工程甘肃段的筹建工作。

1997年8月26日至27日，甘肃省经贸委在兰州主持召开了《西北军民共用成品油管道工程（兰州至阳平关）可行性研究报告》审查会。

1998年2月4日，甘肃省经贸委正式批复甘肃金陇石化管输有限责任公司《关于上报〈兰州至阳平关军民共用成品油管道工程（兰州至临洮）可行性研究报告〉的报告》，同意建设规划按年输成品油400万吨能力的设计。

会议同时批准同意项目整体管线走向，兰州北滩油库为输油首站，途经临洮、渭源、陇西、武山、甘谷、天水、成县，末站为阳平关，全长590公里。

会议同时决定，项目采用总体一次规划、分段施工建设的方案，第一段为兰州至临洮，管道全长105公里。

国务院批准兰成渝管道建设工程

1998年，根据国家对石油石化企业重组以及军队不再办企业的指示精神，按照中国石油天然气集团公司的安排，由中国石油天然气管道局对甘肃金陇石管输有限责任公司参股，进行管道的专业化建设和运营管理。

4月以后，甘肃金陇石化管输有限责任公司股东单位兰州炼油化工总厂、中国石化销售西北公司，划归中国石油天然气集团公司。

西北地区石油资源的勘探开发和这一地区大中型炼油化工企业，都归属中国石油天然气集团公司，川、渝地区的销售系统也划归中国石油天然气集团公司，由此形成了石油资源、炼油加工和目标市场的产供销一条龙。统筹规划、建设兰成渝输油管道显得尤为迫切了。

在此情况下，中国石油天然气集团公司副总经理黄炎指示：要加快建设速度。

按照黄炎的指示和有关会议精神，中国石油天然气集团公司计划部、销售公司和中国石油天然气管道局，加快了进川成品油管道的前期工作。

1998年9月7日，中国石油天然气集团公司致函国家经贸委，提出了自己的管道建设方案。

国务院总理朱镕基、副总理吴邦国都对此方案作出了明确的批示。

兰成输油管道的筹建工作也随之加快了进程。

1998年9月20日,中国石油天然气管道局、兰州炼油化工总厂、中国石油西北销售公司在兰州宁卧庄宾馆,就兰州—成都输油管道工程建设召开会议,决定将甘肃金陇石化管输有限责任公司重组为甘肃金陇管道有限公司,作为业主,负责兰成管道建设。

甘肃金陇管道有限公司决定与兰州军区后勤部以"共建、共管、共用"的方式,进行兰州至成都输油管道建设。

10月21日,甘肃金陇管道有限公司召开股东会,决定重组后的甘肃金陇管道有限公司实行董事会领导下的总经理负责制。

11月7日,甘肃金陇管道有限公司召开第二届董事会第一次会议。

会议推举陈吉庆为董事长,许国华为监事长,聘任董盛厚为总经理;同意成立"军民共建兰州至成都输油管道工程指挥部",由公司总经理兼任指挥;管道工程建设实行项目经理负责制,采用招投标制、监理制进行项目建设管理。

12月9日,甘肃省重大项目建设协调领导小组,批复同意成立兰州至成都输油管道工程建设领导小组及办公室,批复同意管道工程兰州—康县段开工建设,并予核发工程建设项目开工许可证。

1999年1月11日，甘肃省经贸委批复同意兰州至成都甘肃段成品油输油管道工程业主变更，并同意原《关于兰州—天水军民共用输油管道项目立项的批复》《关于天水—阳平关军民共用输油管道项目立项的批复》《关于兰州—阳平关军民共用成品油管道工程（兰州—临洮）可行性研究报告的批复》继续有效，由甘肃金陇管道有限公司组织实施。

1999年8月1日，中国国际工程咨询公司正式向国家计委上报《兰州—成都输油管道工程项目建设书的评估报告》，评估报告建议把管道延伸修建到重庆。

12月14日，国家计委向国务院上报《国家计委关于审批兰州—成都输油管道工程项目建设书的请示》。

12月20日，国务院批准了《兰州—成都输油管道工程预可行性研究报告》。

2000年4月7日，重庆市计委向国家计委上报《重庆市计划经济委员会关于将兰州—成都输油管道工程延伸到重庆的请示》，请求将兰州至成都输油管道延伸至重庆。

"请示"中指出：

> 重庆是西南地区最大的工业城市，是成品油的重要消费市场，2000年消费各种成品油约140万吨。历史上曾多次因自然灾害阻断铁路运输和长江水运通道，导致重庆市供油特别紧张。

即使在供油正常的时期，由于运距远，成品油价格也一直高于其他地区。

同时，中国石油天然气股份有限公司副总裁史兴全，还指出了修建兰成渝输油管道的五大好处：

一、管道建成后，可以使西北地区富余的成品油连续不断地输往四川、重庆，除满足市场需求，确保油品稳定供应外，还为规范市场，实现"统一计划、统一配置、统一运输、统一结算"创造了最基础的条件，有利于完成国家交给中国石油天然气集团公司的保证四川、重庆成品油供应的任务，很好地解决这个区域的成品油供应问题。同时，兰成渝输油管道保证了西北石化企业产品销路畅通，进而使得各相关石化企业能实现平稳、正常生产，创造更高的效益。

二、可以减轻对铁路运输的压力，便于其腾出运力来，将西部地区的其他产品运出去，推动西部大发展。

三、可以实现安全运输，管道运输易燃、易爆的烃类流体，比铁路、公路、水路运输具有明显的优势，它具有很高的安全性和可靠性。

四、可以大大降低运输成本。据国外统计，

管道在一定输量规模下综合运输费用只有铁路运输费用的 20% 至 30%，是公路运输的 5% 至 7%。另外，管道输油可实现密闭输送，油品基本没有挥发。有调查表明，全国每年油品在铁路运输途中造成的挥发高达百万吨。采用管输，可以减少浪费，使综合运输成本下降，对用户对企业对国家都是一件大好事。

五、有利于国防。由于管道隐蔽性强，可避免遭受破坏，战时能确保军用油品运输。从这点来看，这条管道确实是条生命线、战备线。

2000 年 9 月 27 日，国务院正式批准《兰州—重庆输油管道工程可行性研究报告》。

自此，兰成渝输油管道工程全面启动。

二、勘测设计

- 张利说:"只有我们干,才能把管道的险排除。我们觉得这事就得我们干,每征服一个地方,就要看前面还有哪个山没上,一定上去看,是不是还有更合适的选择。"

- 当最终选出了一条避开那段谁见谁愁的大峡谷的线路时,踏勘者早就把苦和累以及刚才脱离剧毒蛇虫袭扰的危险抛到了脑后,人人露出了欣慰的笑容。

- 董盛厚说:"我们有时在山崖上攀缘,两脚蹬着石缝,两手抓着树枝,连下巴都成了身体的支撑点。"

董盛厚踏勘兰成渝输油线路

1999年春天，甘肃金陇管道有限公司总经理、兰成渝输油管道建设项目经理部经理董盛厚，率领一支队伍进行实地踏勘，对兰成渝输油线路进行线路比选和优化。

在古老、厚重的黄土高原，在雄奇、神秘的秦岭山脉，在潮湿、泥泞的四川盆地，大家红色的信号服已经破烂不堪了，一阵山风袭来，这些红布条燃烧般飘动着，仿佛行进在大山中的几团篝火。

几个人是从兰州出发的，一路踏勘而来，晓风冷月，山高林深，靠两只脚板，踏进秦岭的深山老林，山外已是世纪之末的最后一个春天了。

在一座山头上，踏勘者们疲惫地坐下来，一包方便面、一把花生米，或者是被汗水浸渍的半根黄瓜、干硬的烙饼，劳累过后坐在众山之巅吃着这些食物，大家觉得，这可算是最美的享受了。

夕阳就要落下去了，踏勘者们站起身来，完成对群山既定的翻越和征服，他们还需要走很远的路，将要发生的一切难以预料。

而在他们走来的遥远路途上，已经发生的一切，却是无法磨灭的了。

兰州—成都—重庆输油管道始自兰州市的西固，从大西北到大西南,将依次穿越黄土高原、秦巴山地、成都平原、川渝丘陵等多种地貌,到达重庆的伏牛溪,全长 1250 公里,年输油 500 万吨,构成贯通中国西部的一条大血脉。

届时,油脉畅通,必将万物兴荣。兰成渝输油管道所产生的经济、社会效益都将难以估量。

早在 20 世纪三四十年代,玉门油矿的专家就曾建议,修建由玉门油矿通向四川的输油管道。

新中国建立后,由于国家修建了宝成铁路、陇海铁路西段和兰新铁路,大部分石油及其制品长期以来一直由铁路来运输。

改革开放以来,随着西北石油勘探开发的加快和西南经济的发展,靠铁路长距离运送油品已不能满足发展的需要。

为此,从 20 世纪 90 年代开始,筹划将西北石油及其制品通过管道输送至西南地区的工程项目书,一直摆在中国石油工业决策者的工作案头。

从此,先后有至少 5 支队伍在兰州和成都之间,就如何穿过秦岭这一工程上的最大难关,也就是青海省东部至宝鸡汉中一线 500 公里宽的秦岭大巴山及秦岭以西的山山岭岭,进行了广泛的踏勘选线。

踏勘者们经过几年的风风雨雨,在东西横亘的秦岭间,在"难于上青天"的蜀道中,筛选着南下进川的方案。

这些方案主要有西、中、东3个方案。

西线方案由兰州沿213国道南下成都。这一线路途经甘南地区的临夏、合作两市，在黄河上游阿尼玛卿山脉东段翻山进入四川阿坝藏族自治州的若尔盖草地，经松潘沿岷江河谷到达都江堰市进入成都平原。

这一线路是兰州到成都的最短线路，但在甘川交界处的洮河西源头和若尔盖草地，有200公里地段海拔在3000米以上。由于降水丰富，且接近冰缘地貌和亚冻土地带，不利于管道的敷设。

而从川主寺和松潘以南到都江堰市的岷江中上游两侧遍布高山峻岭，河谷陡深，流水坡度很大，是高山滑坡和泥石流频发的地区，不仅敷设管道极为困难，而且敷设后管道的稳定也没有保证。

因此，这一线路方案虽曾被多方看好，但经反复踏勘，还是被放弃了。

东线方案是由兰州经甘肃天水，陕西宝鸡、凤县、留坝、汉中、宁强，四川省的广元、江油、绵阳到成都。

这条方案的线路长约1300公里，比沿213国道的方案长出500余公里，虽然沿途工程地质条件要好于西线方案，但是由于从渭源至宝鸡间要沿渭河峡谷布线，大部分地段受狭窄河谷和陇海铁路的制约，需30多次穿越渭河，而且宝鸡至广元间山高谷陡，是秦岭中频频发生暴雨泥石流和崩塌的地带。

因此，东线方案也没有被各方采纳。

中线方案由兰州过临洮、陇西、武山经天水折向成县、康县，经陕西宁强县西部进四川广元之后，经江油、绵阳进入成都平原。

中线方案与东西两方案相比，线路长约1000公里，工程地质条件好一些，因此取得参与踏勘的各方专家的认同。

中国西部开发的十件大事，兰成渝输油管道也位列其中。临近世纪之交，一副沉重的担子降落在金陇管道有限公司的肩头上。

于是，董盛厚率领他的队伍从黄土高原上出发了。

荣誉和磨难从来都是一对孪生兄弟，踏勘的坚难和责任就在于逢山爬山而行，遇水涉水而进。他们击碎所有的艰难险阻，在没有路的地方，在比原设计更好的位置上，为输油管道踏出一条可行之路来。

在甘肃省西和县境内，东西横亘着险峻的马家大山和鞍山山脉，而两山脚下不足百米宽的峡谷中有个村名为"晒经"。

《西游记》第九十九回说道：唐僧从西天取回5048卷真经回归东土，九九八十一难未了，途经通天河，果然遭那老鼋的沉水，湿了经卷，师徒们"检看经本，一一晒晾"。书中所讲的"晒经"之处便是此地。

神话传说虽然不可信，但此地山水险恶确是千真万确。两座大山海拔超过2000米，断壁悬崖，怪石峥嵘，峭拔如削，有贪嘴的牛、羊上山吃草，常常从半山腰滚落崖下，摔得血肉模糊。

而英勇的踏勘者们，先后20多次翻越了这座大山！

1999年5月4日，7名踏勘者刚刚翻过马家大山，又进入鞍山。多次身临其险，让踏勘者始终保持着对大山的高度警觉和戒备。

早晨，董盛厚一一检查了队员们随身携带的安全绳、蛇药、干粮，指派宋云带一辆越野吉普，绕行80公里，经晒经，到山后的宛门一个3户人家的山沟尽头接应。

那一天，又是选择了阳光充沛的中午进山，这个季节，山外树木葳蕤、鸟语花香，而山腰以上积雪还没有融尽，有太阳正好驱寒，万一迷失方向，凭太阳的指引也可以走出大山。

山势、水流、风速、雪雨，无一不构成对输油管道永久性安全的影响，险山恶水间，一处选址不当，将造成全线的崩漏，这是天大的责任！

踏勘者们不停地翻越着、跋涉着，测量、计算、思考，为每一处的险恶而焦虑，为每一个新的发现而惊喜。出于对兰成渝输油管道高度负责的精神，踏勘者常常进入如痴如醉的忘我境界。

一次考察中，队员关平的脚趾被山石碰折，血透鞋底，竟浑然不觉。

在变化莫测的大山里，小气候的作用常常出其不意地制造出一些麻烦来。山谷的上空，刚刚还是一片朗朗乾坤，转眼间，阵风刮过，兜头就是阵雨，万木响泉，上下皆湿。阵雨过后，再抬头寻找太阳的时候，太阳早已不见了踪影。

领导带头，队伍硬朗。在一片几近原始状态的树林里摸索行进的时候，董盛厚走在最前边，抽打着藤绊、萝缠和树枝。

当董盛厚刚伸手要去抓前面的一棵树时，来自生命深处的一个冷战告诉他：蛇！

一条胳膊粗的毒蛇赫然盘在那棵树上，不足两寸的距离，好险！

夜色，提前笼罩了鞍山。"夜不翻山，雨不渡河"，黑夜翻山是踏勘的大忌。

7名踏勘者完全迷失了方向，四周都是一样的黑暗，手脚所触到的都是坚硬的石头，摸到的荆棘都是一样的尖锐，包裹着大家的空气也寒彻身骨。

他们还听到了野兽低沉的吼叫。

不久前，他们就曾遇到这样一个黑夜，幸亏山里一户人家正办丧事，是守灵的一盏孤灯把他们引出了大山。

守灵的人看着他们叹了一声："你们都是命大的人啊！"

而这次，他们寻遍四周，再也看不到一丝灯光。

他们想用一只打火机向山外发一个求助信号，而黑夜太深厚了，大山太伟岸了，一朵火苗儿太渺小了。他们想寻找一个痕迹，哪怕是一块干燥的牛粪、一粒羊屎，但是，他们失望了，没有一只牛、羊可以爬上如此的高度。

偏偏在此刻，5月里的大山上竟又开始飘洒雪花。

贾占雷曾在1996年摔伤，颅骨开裂14厘米，大难不死，而这个夜晚，死亡的阴影总在脑海里挥之不去。

另外，大家翻过一座山头的时候，有人发现亓义文掉队了，人们焦急地呼喊着，寻找着。

许久，亓义文才从一块巨石后慢慢站起身。50多岁的亓义文当时几乎虚脱了，爬不动了，感觉活不了了，躺在地上，想回应别人的呼喊，就是发不出声。

他们历经千辛万苦，当转过山脚的那一刻，发现那两辆越野车正向大山里打着灯光讯号，几位村民甚至燃亮了手中的火把，正准备进山援救。

奉命随行护车的宋云，见7名踏勘的兄弟终于走下大山，悲喜交集，竟至失声而哭："九九八十一难的'晒经'啊！"

为了输油管道的9次穿越，踏勘者深入苏木沟长达3个多月。

当时，大西北的冬天冷得出奇，朔风吹动，黄土崖头的瘦土被冻得簌簌溅落。

而且，雪又大得出奇，沟满壑平，天地皆白，掩盖了所有的简陋和陈旧。

踏勘者边铲雪、边前进，要搬动一块挡路的石头，掌心被冻石划破流血。

雪化的日子同样令人心悸，坡陡路滑，泥浆四溅，越野性能极好的"沙漠王"刚刚气喘吁吁爬到半坡，又像风中的一片叶子一样，仄仄斜斜滑落下去，正好落在一户人家的院子里。

那年冬天，他们踏遍了兰州以南这片1000多平方公里的山岭沟谷，最后，还是只能回到苏木沟中确定线位。

狂荡无羁的犀牛江果然野性十足。在康县、成县之间一个叫镡家河的地方，犀牛江一头撞开千仞石壁，咆哮而去，势不可阻，生生断裂了两县地理上的连接。一江两岸，虽鸡犬之声相闻，但要相互往来，溯江而上则需翻越7座山，沿江而下则需爬6道岭。

两岸的百姓盼桥、盼路，望眼欲穿。

1975年，两县政府就曾动议在犀牛江上架一座桥，怎奈地理险恶、经济穷窘和种种难理难断的纠葛，让两县只能望江兴叹。25年了，一座桥也没能架起。

兰成渝输油管道将在这里过江！

穿江而过？还是跨江而过？一字之差，决定着承受不同的工作负荷。

兰成渝输油管道建设的重要意义，不仅在于解决成渝地区石油用量的80%的缺口，激活和繁荣大西南的经济，而且，还体现在和输油管道伴生的综合社会效益，伴随管沟铺设的千余公里光缆，沿途的筑路、建桥，都是造福一方之举。

经过多次的实地踏勘和专家评估，金陇管道有限公司决定斥资500万元，在犀牛江上架起桥梁，以桥挟载管道，跨江而过。两县政府鼎力相助，作出"县城改造首先满足输油管道通过"的决定，两岸百姓敲锣打鼓，沿江高呼："共产党万岁！"

好事总是多磨。地质、水文、协商、协调，踏勘者若是穿一双铁鞋，那铁鞋也早已磨破。两岸的百姓不会知道，为给犀牛江大桥踏勘、选址，董盛厚衣兜里总揣着大把的药物，副总经理张利被强直性脊柱炎折磨得大汗淋漓，贾占雷颅骨开裂的旧伤又在隐隐作痛。

百姓不知道，踏勘者们从犀牛江方向返回兰州的途中，连遭暴雨，在距土地岭5公里处，路基塌方，吉普车一头扎进泥石流，幸亏空军部队的一辆卡车赶上来，拼死拼活地把他们拖出来。

犀牛江大桥落成以后被评为省优良工程，甘肃、四川两省卫视争相报道，两岸百姓则刻石立碑，并请董盛厚撰词，词曰：

　　一桥雄跨江水绵，云垭通成达康县；
　　凿山辟路建管道，弹指油龙惠巴山。

一座桥、一段路、一口水井，哪一件造福一方的好事不饱含着踏勘者甜酸苦辣的故事？在兰成渝输油管道千里沿途上，又有多少桥、路和水井？又有多少这样的故事？

甘肃省永靖县境内的苏木沟为黄土高原的大型冲沟，

宽处百余米，窄处数十丈，折转、扭曲如蛇动，不足20公里的流程，高低落差竟达500米之多，倒挂一样紧紧吸附在黄土高原上。

缘沟耸起的是最不禁雨浸风蚀的红板岩，有雨的日子，泥石俱下，沟水混沌，暴戾如江河咆哮；无雨的日子，沟底卵石如斗，沟侧峥嵘怪异。

历史上，苏木沟就从来没有形成真正意义上的一条道路，散居在苏木沟的三三两两的人家，有人至今没有走进过县城。

兰成渝输油管道不仅要完成对苏木沟的9次穿越，而且，穿越之后，要为苏木沟拓修出一条道路来。

为了输油管道，踏勘者深入苏木沟长达3个月有余。大西北的冬天冷得出奇，雪又大得出奇，踏勘者们边铲雪、边前进，掌心经常会被挡路的冻石撕得流血。

兰成渝输油管道仅在甘肃省境内就留下了396.9公里的道路，黄土高原、秦巴山地，寸路、寸金、寸心可掬，踏勘者无憾、无愧。

踏勘队又一次攀越甘陕交界处的八海山，时近黄昏，年过半百的王长安气喘吁吁，他要折断一根树枝为杖，一个折枝的动作，就脱离了队伍约百米的距离。

夕阳下，王长安看得清伙伴们的背影，听得到伙伴们对他的呼唤，王长安加快了追赶的脚步。

几天前，刚刚下了暴雨，山洪暴发了，巨大能量制造了许多悬石、危石，临风若动，人不敢仰视，追赶到一座垭口，山体骤然开裂，数百吨的石头狂泻而下。

那一刻，山谷震动，鸟惊兽逃，狂泻的石头恰恰落在伙伴们的身后，又恰恰落在王长安身前。

王长安如果快行一步，一定会被埋在那里。

群峰耸立的秦岭深处，3年中，踏勘者躲过十几次这样的生死一劫！

1999年7月，他们走在从盐关到大沟河这一段刚下过雨的黄泥路上。路窄车滑，车一滑就横起走。滑也得往前走啊，在他们心里就没有退路。

司机小肖已经习惯在"死神"门前开车了，但技术再高，把得了车，把不了路啊！一不留神，车还是横起来，有一个车轮已悬空，下面是万丈深渊。

人从车门往外走都小心翼翼，脚边落地边看着车。张利和小肖从车上下来后，看到车在晃，稍动就会翻下去。

他们向老乡要了铁锹，在着地的三个车轮前挖了坑，让老乡用绳子把车稳住。

张利对小肖说："就这一搏了，万一不行就跳车。"

张利担心车发动的一瞬间会翻下去，但万幸，车终于蹿了出来。两个人吓出了一身冷汗，再不敢开车了，只得徒步把带给困在山里的部队的东西送过去。

正因为这线险、难、重要，他们才产生一种强烈的责任感，神圣的使命感，崇高的荣誉感。他们把全部的精力和智慧都放在了这条线上，从来就没有畏惧过。

张利说："只有我们险，才能把管道的险排除。我们觉得这事就得我们干，每征服一个地方，就要看前面还有哪个山没上，一定上去看，是不是还有更合适的选择。正因为有了这种不屈不挠、永无止境的执着和坚韧，才有了今天这个最佳的结果。人生能有这段经历，踏勘过这样一条国内甚至世界上都是最险最难，最具挑战意义的管线，我们知足了。"

张利患有严重的强直性脊柱炎，不能劳累，每次回家，亲朋好友都劝他："别再干了，这条线又难又险，要担大风险，大责任，自己身体又不好，何必呢？"

但一种强烈的责任感和富有挑战意义的个性，使张利一次又一次地带上药上了兰成渝。

贾占雷、王长安，几乎每个踏过线的人都对我们谈到了责任感、使命感。

踏线人出门，遇到危险从来不给家里人说，他们也不敢说，因为他们常年在外，家里什么事都顾不上，家里人为他们牺牲了很多了，还怎么忍心再让家里人挂心呢？

亓义文说："咱们一脚出了门，不管家里狼吃人。"

夏仕伦和段春英是一对夫妻，他们本来同在山东德州原输气公司工作，是兰成渝输油管道把他们一起召唤到甘肃兰州了。

德州与兰州相距千里，这就苦了当时年仅11岁的女儿。天冷不能为女儿加一件衣服，天热不能为女儿买一根雪糕，虽然有亲朋照顾，但是毕竟不能不为女儿的生活牵肠挂肚啊。

每次打电话的时候，女儿在德州那边哭："爸、妈，我好想你们！"夫妻两个就在兰州这边泪流满面。

夏仕伦、段春英把这一切都默默地藏在了心底，他们悄悄擦去泪水，又奔波、忙碌在兰成渝输油管道上了。

董悦新结婚已经 7 年了，妻子在秦皇岛一家工厂做经济管理工作，两个人都是"事业型"的，各自痴迷于自己的那一份事业，又相互理解、尊重对方所从事的事业，眼睁睁地过了 30 岁，还顾不得要一个孩子，惹得双方老人生了多年的气。

董悦新本来与妻子商量，1999 年无论如何也得要一个孩子了，董悦新还为此戒掉了烟酒，但就在这时，一纸调令把他派遣到了深山老林里，3 年过去了，妻子在东北，丈夫在西南，巴山黑水，天各一方，又怎么能生出一个孩子来！

董悦新微笑着说："为兰成渝输油管道奉献了一个孩子！"但这微笑中也掺杂了些许苦涩。

杨海军是父母的独根苗，他毕业不久就到了兰成渝，之后就长年在大山里跑。

有一次，杨海军从岩石上滚落下来，摔得鼻口流血，但他没有流一滴眼泪。

但是，当杨海军听到父亲病重的消息时，他在王长安面前流泪了，他说："我父亲是一个老石油工人，在他最需要儿子的时候，我却在遥远的深山老林里不能见面，我的心都要碎了。"

王长安把杨海军送上了返程的列车，火车开出广元不远，杨海军就打回电话说："我父亲已经去世了。"

王长安听到杨海军电话那头的一声一声恸哭，也禁不住泪流满面。

踏勘路线，是生命线进程中的礼赞，在踏勘者的背后是百万石油大军和百万个家庭的奉献！

进行兰成渝线路优选设计工作

1999年春天，兰成渝输油管道工程项目经理董盛厚与同事们一起，用了整整一年多的时间，进行了兰成渝线路优选设计工作。

线路优选是在管道路由上的比选，是对线路走向方案的优选。

线位优化是在管道总体的路由确定之后，对局部范围内管道敷设位置和具体敷设方案的优化。

线路优选时，大家着重在经济、合理、安全的前提下，遵循了成品油管道走向应按着油品需求市场的情况向经济发达地区延展的原则。

早在1998年11月，负责西北西南油品配置的中油股份公司西北销售分公司和甘肃销售分公司，在与甘肃金陇管道有限公司研究分输点时明确，鉴于天水市现有油库的位置和天水市区的地理条件，这条管道的天水分输站不是必须设置的，因此就给设计组带来了一个将兰州至成县段弓背走向的管道改为走弓弦的可能。

在具体的管道线路优选中，他们主要在4个区段内对这条管道进行了优选。

他们为了陕西至洛门这一段改线，走遍了陇西县至洛门段渭河两侧各30多公里宽的沟谷，经过几十次的比选，最后改为在陇西县包家门村由西穿过渭河将线路折向东南，走洗马沟经山场里进入武山县的响水河沟至洛门镇，缩短线路7公里，避免了多次穿越渭河和陇海铁路，线路敷设难度大为降低，管道安全性也大为提高了。

在洛门到成县凉水峡段，他们经过多次比选和现场踏勘，决定由洛门第五次穿越渭河后，将管道线路由洛门东山梁敷设至温泉乡，管道下至沟底与一乡村小路伴行。

经过草川、包家庄穿过武山、甘谷、礼县三县交界的三县梁隧道进入礼县固城乡，再通过林家山沿暨河沟南行至盐关镇的王城村。

穿西汉水进入黑鹰沟到达小河子，在小河子村避开坡降比增大的黑鹰沟主沟，经火烧寨村过冯家山直进宽川沟的大沟河里。

经礼县与西和县交界处的太子坡梁由石沟里进马元乡，在马元乡东翻越马家大山，经晒经乡、白剑石过鞍山进入成县的杨坝河沟。

在成县西南的抛沙镇进入新选址的成县站，出站后向南在凉水峡与原线路闭合。

这一段选线不仅充满了艰险，而且参与的技术人员之间争议很大。

这里大山横亘，经济落后，道路状况非常差，很多地方起初连性能极好的丰田越野车都不能进出，大部分地段靠双脚爬山。

大家反复多次实地比选路线，确定线位，许多人在这里迷过路，遇到过毒蛇、野兽。

有时他们进了山，在走不出去的时候，就吃住在山中农户家里。

即使这样，大家还因为技术方案争得面红耳赤，但终于踏出了依托打通乡间道路敷设管道的洛门至成县的近乎直线的路。

在这段线路上，从根本上避开了皂郊至娘娘坝的山体滑移带，避开了原线路洛门至天水段要经过的湿陷性很重的黄土塬峁地段，还避开了与正在施工的316国道争线位和建设互相干扰的矛盾。

这条线的马元乡的石沟里段，东西两个山体之间是一地质断裂，管道以隧道方式避开了跨断裂敷设，使这处潜在的地质灾害不能对管道的安全造成影响。

由于成县分输站的重新选址，管道还避开了在县城南极易滑坡的第四纪堆积中敷设的困难。

在对这段线路的优化过程中，他们曾经多次做过沿固城河南下西汉水直插西和县城，过西和县城直向南过小川，在坻垭南两河口村与原线路闭合方案的踏勘。

这一方案因为固城河在杨家沟门以下20公里段河床曲折，坡降太大，河水摆动剧烈，冲刷严重，西和县城南石峡乡的40公里路段山高沟深，管道找不到安全的敷设位置，而且还要经由小川向成县修25公里的分输支线，大家经过研究后放弃了。

第三段是对康县岸门口到阳坝段线路进行比选。这一段线路原设计沿康阳路伴行。如果这样沿路伴行，公路部门就要求他们向山体一侧劈山至少 4 米，为已经列入计划改选拓宽的公路留下发展空间。

虽然大家觉得这样的要求是合理的，但是，这段山谷由于燕子河千万年的侵蚀，山体一般呈直立状态。而且风化十分严重，在这里开山辟路不仅工程量巨大，而且肯定会带来多处山体崩塌，如果在这里的施工中引起山体崩塌滑坡，就不可避免地要引发灾难性后果。

早些年，有一位资深的管道专家在看完了这一段线路以后，深有感触地说："成昆铁路牺牲了那么多人，我们修这条管道可能不是那个数哇！"

董盛厚由此认为，如果不在线路上进行大的调整，工程建设中出大的安全事故就是难免的。也就是从那时起，他们下定决心在甘肃段线路工程已经基本完成设计的情况下，仍然继续踏勘选线。

经过踏勘，他们决定以隧道方式打通牛头山，从岸门口经秧田乡直插坻垭，使线路缩短了 14 公里，不仅解除了这条管道工程施工中可以预见的最大安全隐患，还为山区的百姓新修道路 18 公里，拓修公路 17 公里，方便了山区老百姓出行。

他们还进行了广元市羊木镇至广元站段的线路比选。经过广元市煤矿大沟的这段线路原设计长 25 公里。

董盛厚考虑到，原定线路在施工安全上存在巨大风险，是个非常艰巨的工程。经过对广元市区西面的几座大山的全面踏勘，他们把线路从广元煤矿大沟东移到山梁上，不仅缩短了管道长度，还从根本上解决了施工期间不安全的问题。

这里的两座大山叫蛇红山和岩韭山。山上灌木茂密，气候潮热，毒蛇成群。在选线的时候，有时一天能遇到十几次蛇。

但当最终选出了一条避开那段谁见谁愁的大峡谷的线路时，踏勘者早就把苦和累以及刚刚才脱离剧毒蛇虫袭扰的危险抛到了脑后，人人露出了欣慰的笑容。

优化设计兰成渝线位敷设方案

从 1999 年冬天到 2000 年春，董盛厚他们在完成了线路优化比选后，立即组织业主管理人员，对已经取得专家认同的新的管道线路上的每一个小的区段的管道线位和线路的具体敷设方案，进行一个地点一个地点的比较，在保证线路顺直的情况下，使线位的敷设方案更加合理。

在兰州出站到南山大坪段，这一段线路原设计长 3.5 公里，出站后沿黄河古道边缘的一条五六米深的污水沟经深沟桥沟至大坪。

由于该段选线要经过兰州未建设的规划区，与当地一个有名的房地产商的土地产生纠葛。房地产商开价索要数千万元，市规划部门多次调解无效。

董盛厚等人经过多次现场踏勘，并征得市政部门的同意，在经过西固区的一条排洪沟底侧敷设管道，走出市区至大坪，虽然线路增长了近 1 公里，但是线路敷设难度降低了，工程投资也得到了有效控制。

关山隧道出口到李家湾段线路约 35 公里。1999 年冬天，设计组用了两个多月的时间，在兰州 1000 平方公里的南山一带进行全面的踏勘选线，选取能避开苏木沟恶劣环境的新线路。

经过多方案的比较，大家选出了一条由关山隧道南口，经湖滩、阳洼、宋家沟、水泉、巴子坪至李家湾与原线路闭合的新线路。

这条路避开了苏木沟的恶劣环境，线路安全性和施工长期保持要优于苏木沟段，但线路要爬至湖滩村海拔2600米的高程，基于兰州和临洮两站的工艺参数已经确定下来了，这一方案最后没有被采用。

但这却更促使董盛厚和设计人员下决心对苏木沟线路进行较大调整，增大了风化严重、坡降大的地段土石方的开拓量，将穿越苏木沟河道的几处管道的埋深加大，将原穿越苏木沟支流拉林沟的位置上移至风化不太严重的基岩河床段，对苏木沟一些具有快速发展趋势的小支沟都采取在基岩面1米以下凿沟敷设的方案，从而使苏木沟这段隐患较大的线路敷设方案更加合理。

多支队伍在对中线走向方案踏勘选线的时候，对成县至凉水峡、犀牛江段中管道经由凉水峡峡谷南下的方案在认识上几乎是一致的。

这段燕山运动时形成的断裂峡谷中有十余处跌水，常年溪水不断，是当地来往行人的便捷之道。但由于峡谷南比成县站高出300多米，而且沟峡是只有几米宽的一线天，峡深上百米，管道敷设非常困难。

大家通过一年多的现场比选，采取了出站直接向南上山，在凉水峡东以倾斜的隧道方案避开峡谷，减少了管道在地处断裂带上的狭缝中敷设的困难。

化垭至镡家河段曾经考虑在东侧山梁顶敷设，以避免不良地质的威胁。也有人提出从礼县固城经西和县城并经成县小川镇进镡家河的方案，但经过多次现场踏勘比选后，最终还是采用了拓宽原来公路，使管道与公路伴行的方案。

这段山区小路拓宽和管沟开挖所带来的危险是非常巨大的，设计组和施工部队共同制订方案，采用爆破除险和大量使用长臂机械清渣等办法，经过3次路基的取直和拓宽路面、两次分层开挖管沟的作业工序，终于在确保安全的情况下，不仅在路基边山体一侧安装了管道，而且还给当地留下了一段非常标准的三级公路。

大家对犀牛江进行了多次现场研讨，分析各种方案，通过专家多次论证，决定修建管道公路两用桥，既解决了管道通过的问题，又解决了犀牛江两岸人民世代过江的难题，过江后又将管道穿山而过，避开了关沟门峡谷带。

康县位于秦岭深处，县城就在两条河溪交汇的大山悬崖陡壁之间，在这块经流水千万年侵蚀出的小地方，山与山之间已经被新旧建筑物占据得拥挤不堪了。

按照原设计方案，管道以一条2.8公里长的隧道钻山通过，附近却找不到堆放渣石的地点，需要通过县城街区运往很远的地方才行。而拥挤的县城要频繁地通过运渣车辆，就会给工期带来许多不确定因素。

后来，大家经过与县政府协商，政府发文在城建规划上同意管道在县里计划新拓的东环路路基下面通过。

这样一来，不仅为县里解决了大量的搬迁费用，而且加快了康县县城的改造步伐。同时，工程也有一条便捷的道路，节省了很大一笔投资。

崔家垭口隧道和王家河湾隧道是两处很小的隧道，但是在原来多次选线和确定线位的时候，都是采取翻山敷设的方案。

按照这样的方案，管道敷设和未来的运行管理都有很多的隐患。

大家经过多次讨论、研究，多次现场比选，2000年春天，他们下决心将这两处以隧道方式通过。

甘陕和陕川交界这两处线路最初都是在峡谷半山腰间的羊肠小道上通过的。经过实地踏勘，他们在谷地一侧与溪水面平等的20米高的山脚处修出了一条施工道路，管道沿道路山脚挖沟敷设，即使产生了山体滑坡灾害，也不会危及管道的安全。

西汉水和广坪河是嘉陵江两条较大的支流，设计提供的这两处过河方案都是采用穿越敷设方式。

大家经过测算，这两处建桥费用会更低一些，而且可以沟通两岸交通，最后都改为路管共用桥，使管道在具备敷设条件和方便地方交通的同时，为以后的管道维护检修创造了通行条件。

因为修建了秦岭中三省交界处的道路，从而在修建管道的同时，打通了秦岭西部第一条南北向的通车道路，即南起四川广元市，经陕西宁强县广坪镇、安乐河、八海河，甘肃省康县阳坝镇、康县，成县二郎乡，西和县晒经、马元，礼县盐着、林家山，武山县草川、洛门、山场里直至陇西县城，一条500多公里的由南至北的道路。

在广坪河谷内，过去山里人都是靠河中的纤夫们凭与地面几乎成30度的身躯紧绷着纤绳拖着小平底船，在回肠般的河水中艰难地逆水而行。

虽然这些纤夫们每月都有两三千元的收入，但当他们听说管道要在这里通过并修伴行公路的时候，他们都高兴地说："这下子我们可以买拖拉机了，再也不用这样在河里一年年地跋涉了。"

王家渡至下寺段线路长14公里，由于规划中准备将剑阁县城迁移至沙溪坝镇，原设计线路需要改线。

最初，设计人员曾提出了线路在预留规划区边缘通过的方案，但因为这种线路处于一个水库下游，经过大家踏勘，他们最后将管道外移到了山上，使管道在水库上游通过。这样，既保证了管道安全，也避开了规划区的影响。

下寺至青林口段全长近50公里。因为管道设计选线比较早，当管道开工的时候，同挤在一个峡谷中的高速公路、输气管道和电力线早已经将原选定的管道线位大部分占据了，这样使管道建设不得不重新开路选线，给工程带来了极大的困难。

由于四川省城镇规划调整，造成局部线路调整的情况有20多处。

输油管道通过沱江时,原方案是以悬索桥方式跨越过江。

2001年4月,悬索桥的施工图已经做完了,因为同时要开工的还有白龙江和球溪河两处跨越工程,而有资历的施工队伍只有两支,这样,必然给施工工期带来影响。

大家经过现场踏勘和对原沱江跨越地勘资料的分析,提出了采用定向钻穿越过江的构想,并且请有经验的穿越技术人员到现场调研和共同研究施工方案。

设计人员认为,技术产生于创新和敢于突破之中。他们承诺提供现场,如果穿越不成,照付队伍搬迁费。

曾经有过尼罗河穿越经验的管道局第三工程公司,接受了委托并顺利地实施了穿越,使这家公司创出了可以在弱风化的较硬岩石中,进行管道定向钻穿越敷设的新纪录。

在完成了沱江管道穿越敷设后,第三工程公司又按设计人员的要求,实施了重庆末站的铁路和山体穿越,在缩短工期的同时,较大地降低了工程费用。

鉴于兰成渝输油管道所经过地区的地质条件和地貌单元的复杂性,这条管道的黄土高原和秦岭山区的管道线路在通过有可能发生泥石流的冲沟时,一律采取在永久地层或基岩中埋设,确保这个地区极易发生的泥石流不会对管道造成灾害。

因此，这条管道虽然穿越的各种流水冲沟众多，但因地质灾害而危及管道安全的情况却没有发生。

大家经过反复 20 多次的线路选线和线位优化，使兰成渝输油管道的线路工程，躲开了易发生危及管道敷设安全和运行安全的不良地质地段，为管道的安全运行奠定了坚实的基础。

由于管道在选线时改变了过去单纯依托公路敷设的设计理念，采取沿乡村道路敷设并拓修相关道路，不仅减少了施工期与公路交通的相互干扰，还在修建管道的同时，为当地民众改善了交通条件，群众拥护，政府满意，社会效益十分明显。

领导机关进行线路实地踏勘

2000年5月1日至8日,中国石油天然气股份有限公司管道分公司党委副书记惠泽人带领机关9个职能部门的负责人,利用五一节休假期间,对兰成渝输油管道沿线进行了一次实地踏勘。

他们5月1日从兰州起程,第一天踏勘的就是兰成渝输油管道经过的黄土高原地段。

大家刚刚离开市区,黄土高原的风貌就展现在大家眼前:黄丘起伏,沟壑纵横,处处显露出一种粗犷雄浑。

管道在这里通过,必须翻梁跨峁,钻谷穿壑,起伏盘旋,这真是名副其实的一条"油龙"。

人们都说:"将来这里施工的时候,也一定会是此起彼伏,时隐时现,会与东北'八三'会战时的一览无遗的大兵团作战场面大相径庭。"

大家坐在车上,也随着地形起伏不定。

他们这支由清一色的越野车组成的车队,一会儿越上峁梁,一会儿又扎入沟谷。刚刚转过一个大曲弯,人还没来得及从惯性中复原,就被另一个大弯抛向了新的不平衡的惯性中。车上的所有人都紧张地系上了安全带,并扣紧了扣子。

汽车行驶在峁梁上,两边见到最多的是两三百米的深沟。而当汽车行驶在深谷中的时候，最窄处却只有六七米宽，如果是在雨季，黄土湿陷性灾害就会经常发生。

有人说："就在这附近有一条沟，名字就叫'砸死马沟'。"

兰成渝输油管道工程项目经理部经理董盛厚和副经理张利分别坐在了前面两辆车上，通过对讲机介绍沿途的情况。

车队每走到一个工程险段，就会停下来，由董盛厚和张利为大家讲解。

一直过了中午，车队才停下来，大家都找地方吃东西。主食是扁圆的干馍，这东西又抗饿又容易保存，是项目经理部人员野外考察时专用的食品。

吃饭的时候，有人问："这是不是最险的路？"

董盛厚回答说："最险的路还在前面，黄土高原只是对胆量的小测试而已。"

等离开住宿地武山县，汽车就驶出了黄土高原地区，进入秦岭山脉。

车外的风景由粗犷雄浑变为了灵秀苍劲，大家的心情也随之爽润起来。但是车子却比在黄土高原上还要颠簸。

管道要横穿秦巴山区，高山深谷不断，几乎没有路可寻。除了开凿隧道以外，就只有寻找更合适的捷径了，通常是依山开路，让管道顺着路相伴而行。

车队就行驶在这刚刚开凿的山路上。所谓路，其实一边是直耸云天的陡壁，另一边则是深不可测的山谷。岩壁露出狰狞的怒容，而山谷则令人目眩神迷。

山路的宽处不过三四米，窄处则只能容下两个车轮。路基上刚刚炸碎，还没有风化的碎石被车轮轧得"咔咔"直响，越野车一边走着一边痛苦地弹跳着。

项目经理部的人对大家开玩笑说："在这条路上坐车，要发特殊劳动保护'尿不湿'，因为没有过人的胆量，会被吓得尿裤子的。"

但是，在踏勘这条线路的时候，他们的车却不知在这样的路上跑过多少回，仅1999年一年，项目经理部的7辆车就换了60个轮胎，这一次出行，又有12个轮胎被撕破。

董盛厚告诉大家："车队的司机平均年龄30来岁，过去大都是开轿车的，他们从一马平川的高速公路上，来到这虎口狼牙的路上拼胆量和意志，个个都练成了好汉！"

司机们却说："在这大山里，坐车是考验，不坐车更是考验，我们还算不上好汉。"

他们说："为了选择管道敷设的最佳线路，徒步踏勘是项目经理部前期工作的主要内容。"

考察组这次徒步攀爬了管道将要经过的海拔1900米、相对高度1000米的牛头山，大家切实感受到，在没有路的大山中选路，项目经理部的人们的付出是巨大的。

董盛厚说："我们有时在山崖上攀缘，两脚蹬着石缝，两手抓着树枝，连下巴都成了身体的支撑点。"

张利也笑着说："嘿呀，我当时真遗憾自己进化得太早，否则还有尾巴的话，起码能缠住树枝，增加点保险系数。"

车队在秦岭中颠簸了几天，他们终于钻出了大山，来到四川境内。

大家稍微休息了一下，车队按照项目经理部的精心安排，奔向历史名城都江堰。

项目经理部的人说："不看都江堰，就没有资格搞工程。"

大家来到已经有2000多年历史的都江堰面前，无论炎黄子孙还是海外宾客，都会为它那设鱼嘴堤以分工、筑飞沙堰以溢洪、开宝瓶口以引水，三位一体、道法自然的绝伦伟业所倾倒。

项目经理部高级工程师安绍旺在谈起都江堰的时候，他不止一次用了"震撼"这个词。他说："每次走在踏勘线路上，都会产生一种强烈的震撼。来到都江堰，才真正对这个词的含义产生了共鸣。"

提到都江堰，项目经理部的人话语中都有一种沉重感。他们面对着祖先的杰作，领受的是一种无形的压力和说不清的激动。

有人评价说："确实如此，都江堰运作岷江水，其源头与兰成渝管道进川的入口，恰在同一纬度。都江堰是'决江一支灌数州'，兰成渝管道是'引龙一条惠万户'，都江堰之水，兰成渝之油，对巴蜀大地的经济命脉作用，可以说是异曲同工的。如果说都江堰是后无来者，那么，兰成渝管道也是前无古人了。"

当代中国西部大开发战略的实施，使管道建设得以规模发展，也使无数管道人的潜能得以发掘和释放。

5月8日下午，惠泽人一行由成都飞回北京，他们都说："在节日旅游返还的人流中，我们显得格外精神抖擞，因为我们不虚此行！"

三、施工建设

- 邵洪波说："为了减少人员在洞内的时间，先在洞外进行'二接一'预制，然后再运进洞内连接。"

- 职工住在山顶帐篷里，坦然面对艰难困苦，喊出了"人生能有几回搏，搏他一回不白活"的口号。

- 杨书记说："这是国家的重点工程，开发西部，为老百姓造福啊……"

开工建设兰成渝管道工程

1998年12月18日,在甘肃省永靖县关山乡沟子村,甘肃金陇管道有限公司举行关山隧道开工典礼。

关山隧道是管道穿越的第一条隧道,长1493米,是兰成渝输油管道上较长的隧道之一。

关山隧道位于海拔2300多米的关山上,每年的10月份到次年的4月份,山上都是积雪,没有山泉。施工人员有雪时把雪融化了饮用,没雪时就饮用积存的雨水,水质很差也很难得。如果大雪封山,食品运不到营地,连吃的都很困难,而且下雪手机也没有信号,不能与外界联系。

承担关山隧道施工任务的管道局第二工程公司五机组和六机组,在极其困难的条件下,在山上战斗了4个多月,攻下了施工中的许多难关。

隧道宽2.5米,高约3米,越野车穿过都很困难,大型设备根本进不去,而且洞里是漆黑一团,一米之内都看不见人。石缝中有泉水滴落,地面积水汪汪,施工地段受到震动,会有石块掉落下来,进管困难,焊接也很困难。

管道二公司还从来没有经历过这么长的隧道穿越,其他单位也没有经验可资借鉴。施工前虽然已经准备了4

种方案，但到现场发现，这几种方案都有不完善的地方。

被大家称为"智多星"的机组长邵洪波脑子灵活，他经常根据现场想出不少点子。

邵洪波拿着施工方案来回在洞里走了5趟，在走完最后一趟的时候，他已经成竹在胸了。

邵洪波说："为了减少人员在洞内的时间，先在洞外进行'二接一'预制，然后再运进洞内连接。"

原来准备用四轮平板车往洞里运管，因为洞内双轮比四轮更平稳，而且速度几乎快一倍，转向也灵活得多，于是就改用双轮车向洞内运管。

洞内供电原来是往里引焊把线和电源线，但线越长，焊接电流也越小，不仅保证不了质量，而且危险性很大。后来他们采取了往洞内布电缆的办法，保证了洞内照明和施工用电。

大家还在隧道的两端装上鼓风机和排风机，使洞里的空气流动，避免焊接时烟雾散不出去把人呛坏了。

从2001年3月3日开始，两个机组分别由隧道的南、北两端进行"二接一"焊接。

3月10日，开始从两侧向隧道内进管。

两个机组20名施工人员克服作业面狭窄、洞内滴水、淤泥遍布等困难，苦战五天五夜，于3月14日在关山隧道中部胜利会师，终于胜利穿过这条号称"兰成渝第一号"的隧道。

兰成渝输油管道工程采用军民共建的建设体制，即按照中国石油天然气集团公司的部署，在这条管道的建设和管理中坚持采用军民共建、共管、共用的方式，以保证工程建设和今后运营管理的顺利进行。

为了解决西北的成品油出路和西南地区的成品油供应问题，1998年集团公司领导果断决策，建设兰州至成都至重庆的成品油输油管道。

而兰成渝输油管道工程所经过的地区包括黄土高原、秦巴山地和河网纵横的水田等复杂的地貌单元，建设难度相当大，用什么方式才能尽快建成这条目前国内难度最大、距离最长的成品油输油管道？

鉴于当年人民解放军在抗洪抢险中的良好表现和部队早期参与兰州至成都输油管道建设的历史事实，集团公司党组和兰州军区党委决定，采取军民共建的形式建设这项工程。

对此，军区领导高度重视。兰州军区司令员和成都军区司令员亲自主持党委会，研究管道建设。

兰州军区由副司令员陈秀亲自挂帅，成立了兰州军区管道工程指挥部，迅速调集兵力投入施工。

陈秀副司令员不顾工作繁忙，多次检查指导工作，并到施工前线视察。

张广哲少将不顾年高，也多次带领参建官兵，与兰成渝项目经理部的领导和技术人员一起，翻山越岭，风餐露宿，深入千里管道建设沿线。

成都军区也抽调力量，组建了由李开兴少将挂帅的兰成渝输油管道工程指挥部。

李开兴少将是医学博士，为了管道建设，他放下了手术刀。参建的成都军区部队接到任务后，不顾夏季酷暑，立即开进工地，于2000年7月18日全面展开了四川广元至成都段的道路和隧道施工。

参建的解放军官兵表现出了强烈的责任感，他们发扬人民解放军特别能战斗、敢打硬仗的精神和作风，克服了许多常人难以想象的困难。

像甘肃的三县梁、秧田坝、牛头山、万家大梁、鞍山、马家大山、太子坡梁等工地都是贫困地区，交通不便，生活条件非常艰苦，连合格的饮用水都极其缺少，施工任务更是艰巨。

兰州军区有的战士出了新兵营就上了太子坡梁，修伴行路，挖管沟，凿隧道，背着背包在海拔2000多米高的大山沟里苦干了两年，连想回营房看看的愿望都没实现就转业了。

临行之前，这些战士激动地说："让我们回营地看看吧！"看看自己的营地，就是这些退伍兵的最大心愿。

张广哲每天都穿着胶鞋、迷彩服，拿着地图、指南针，背着干粮、行军壶，在荒无人烟的大山峡谷中选择敷设路线，确定工程走向。

有一天，张广哲6时出发，冒雪翻越了24个大小山头，几次跌倒，到18时回来时，已成了"泥人"。

兰州军区联勤部物资油料部副部长、军区管道工程指挥部指挥张永红,把管道建设作为自己的事业,几年来,与兰成渝输油管道工程项目经理部领导、员工一起奔波于施工现场,指挥和协调部队施工。

张永红每条隧道都要进去二三十次,光安全帽就被砸坏了3顶。

关山隧道开工那天,张永红曾激动地对当时的甘肃金陇管道有限公司董事长陈吉庆说:"如果我在这条管道建设中光荣了……我死了也要守护着我们的管道。"

张永红的妻子有时埋怨他不给家里打电话,可他说,不打电话还好,一打电话就准出事了。

1999年12月,张永红去甘肃西和、成县看望施工部队,大雪封山,他们边铲雪边前行,路上的雪很深,路很滑,司机不敢开车。

张永红就让别人都下车,自己驾车慢慢往下滑。

张永红过去是汽车兵,他想,要有事就让我一个人有事。

大家原来打算在山里过夜,可山上的温度在零下30多摄氏度,油也不多了,如发生意外就没有办法了。

路只有3米多宽,临时修的,刚能过一辆车,为了大家的安全,张永红宁愿自己冒险。

1999年5月4日晚上6时,为了选马家大山的线路,张永红与王洪军两人开始翻越马家大山。

张永红装了半个花卷,王洪军兜里也有一个花卷。山路很陡,爬着爬着天就阴了,黑了,不一会儿就黑得伸手不见五指，两个人掏出打火机摸索前行。

张永红让王洪军扶着山走，怕一不小心滚下去。王洪军说不行，有蛇。

这时，天下起了大雨，刚翻过马家大山，又迷路了，左突右闯，他们摔了五六个跟头。下到山底，一看不对，走错路了，又爬上来，四肢并用，弄得一身泥一身水。

爬上山再朝另一个方向走，走不多久就发现下面又是悬崖峭壁。

这时，张永红想起这里有个村叫朱家山，3年前自己在这里的小学打过一次篮球，球滚到山沟里，没找到，太陡，人不敢下去。张永红发现他们走到了丢篮球的地方。

打火机的气体燃烧完了，他们只能看着有点白的路面走。突然发现山下有灯光，两个人高兴坏了。定睛一看，发现是山下有人家准备第二天出殡，点着长明灯。

他们顺着灯火，走到村里，走到支书家。

支书说："我们在这里几十年，下雨都不出门，山路太陡，你们的胆子太大了。"

支书家的条件也很坚苦，5个人挤在3.5米宽的炕上。炕一热，虱子、臭虫都来了，咬得他俩翻了一夜"烧饼"。

某旅副旅长郑黎，施工现场开到哪里他就指挥到哪里，施工难题出在哪里他就解决在哪里。他把施工点跑了一遍又一遍，胶鞋先后穿破了12双。

信念如火。官兵用信念融化了关山的冰雪，驱走了关山的严冬，迎来了春天。在生机勃勃的绿草簇拥下，一条宽1米、深1.5米的管沟伸向了远方的山野。

某部九连官兵受领任务后，买来粗钢丝绳，一头系在腰间，一头拴在山顶大树上，脚蹬悬崖、手握钻机空中作业。

官兵们渴了就解下腰间水壶喝口水，饿了从挎包里掏个凉馒头啃两口，累了靠在崖壁上歇一会儿再接着干。钻机手、士官兰强被誉为"拼命三郎"，每次指导员叫他休息，他总是说："干完这一个再说。"

有一次，因高温和疲劳过度，兰强晕在半空中。送到医院时，医生发现他腹部被钢丝绳勒得大面积溃烂，背心粘在身上脱不下来。当医生用剪子一点一点剪开、用镊子一点一点夹起衣服、用酒精一点一点擦拭时，兰强忍着剧痛硬是一声未吭。

在建设兰成渝输油管道工程中，施工部队认真贯彻"三个代表"的重要思想，坚持走到哪里就把扶贫帮困、助民致富的好事做到哪里，把军政军民关系密切到哪里，把文明之师的形象树立在哪里，以实际行动践行我军全心全意为人民服务的根本宗旨。

2000年8月，某部一连官兵在甘肃礼县廖家寺施工，看到当地村民吃水非常困难，要到1.5公里以外的地方去挑，而且水质很差。

经过认真勘测，官兵苦战9天，在村子里打了一口深水井。村民们把这口井称为"爱民井"。出水那天,全村杀猪宰羊,敲锣打鼓,像过年一样热闹。

  在施工的几年里,兰州军区参建部队先后为"希望工程"捐款12万多元,救助失学儿童235名,修"富民路"8条共200多公里,挖"爱民井"3口。

军队官兵战斗在兰成渝工地

1998年12月18日,宏伟工程的第一炮打响了。秦岭山腹地,兰州军区某炮兵旅的近千名官兵征尘未洗,便在亘古沉寂的山谷、纵横交错的沟壑间,摆开了上百公里的战场。

陇南山区,某团官兵昼夜兼程赶赴指定地域,在山野小溪旁扎下宿营的帐篷。

听说部队要援建国家重点工程,正在老家休假的官兵连夜踏上归程,正在筹备婚礼的干部毫不犹豫地推迟了婚期,患病住院的战士也悄悄提前出院了。

施工以来,先后有600名多官兵放弃探亲、休假,210名官兵推迟婚期,130多名战士放弃了考学的机会,116名官兵在亲人病重、家中受灾的情况下仍坚持在第一线施工。

在援建大军中,有400多名战士是从新兵连直接开赴施工工地的。他们当中多数人当兵两年,在大山沟里苦干了两年,直到退伍踏上返乡路。

兰成渝输油管道工程穿越了千余座山峰、170多处坚石地段,而每一座山峰、每一处坚石都隐藏着难啃的硬骨头。

施工中,接踵而至的一个个困难、一只只"拦路虎"

摆在官兵面前。

关键时刻,干部身先士卒,党员冲锋在前,擎起了突击队、攻坚队、敢死队的旗帜,让高高飘扬的红旗时刻激励着战友。

位于甘肃康县境内的牛头山,山势险峻,荆棘丛生,管道要从半山腰穿越。

善打硬仗的某团九连向团党委递交请战书,争得了这块硬骨头。

一边是万丈深渊,一边是悬崖峭壁。官兵们找来钢丝绳,一头拴在山顶的大树上,一头系在腰上,脚蹬崖石,手握钻机展开作业。

官兵们凭着顽强拼搏的精神,用大锤砸、钢钎撬,用镐头掘、铁锹铲,硬是在半山腰凿出了一条8公里长的通道。

钻机手白伟举着15公斤重的钻机,拼尽全力在岩石上打出15个1米多深的炮眼。

由于疲劳过度,白伟脚下一滑,瞬间就从半山腰滑下十几米,幸亏被钢丝绳拉住,才没有坠到崖下。当战友们把他拉上来时,他的脸和身上已被尖石、树枝划破了10多条血口子。

白伟笑着对大家说:"路还没有打通,我是不会离开大家的!"

某炮兵旅官兵一直在深山老林中施工,一到雨季,出山的道路就被滑坡、泥石流冲毁,部队常常断粮断菜。

粮食送不上去，官兵们就自己动手挖野菜、采野果子充饥。

一连官兵断供后，开始用盐水泡馒头、蘸辣子面充饥。后来粮食也告急了，全连靠仅有的一袋面粉，维持了整整一个星期。

夏季，帐篷里出奇地热，官兵洗不上热水澡，全身长满了痱子，奇痒难忍。

冬季，许多官兵的双手长满冻疮，阴冷潮湿使他们整夜睡不着觉，大家就穿着棉衣、戴着棉帽睡，冻得实在受不了，就起来跑几圈再躺下。

由于长期在野外作业宿营，一些官兵落下腰肌劳损和严重的皮肤病。

输油管道需要从一条 10 多米宽的河流穿越。河水湍急，官兵们往水里投沙袋，转眼间就被冲走。

挺进旅九连的 50 名官兵分成 3 个小组，12 名党员干部用绳子拴着腰，每人抱着一块大石头就往河里扑，岸边上的官兵立即装填沙袋。

经过 3 个多小时的奋战，他们在河中垒起一道 2 米多高的堤坝，让凶猛的河水驯服地绕道而行。

某部指挥二连在甘肃西和县晒经乡施工时，施工段面出现了裂缝。

连长白德桐大吼一声："不好，要塌方！大家都闪开！"他命令全连官兵全部撤离现场，只留下自己和两名排长。

不多会儿，前方又一断面也出现了塌方，气象站站长张军要上。

白德桐大声说道："让我来。"

这时，一块石头从白德桐背后一闪而过，他的脊背被划出一条长长的口子，鲜血染红了衣服。好险啊！

全连官兵被连长勇猛顽强的精神深深感动，并提出要为他请功，白德桐却淡淡地一笑，说："这有什么值得大惊小怪的，我是连长，理应冲在最前面！"

千里施工线上密布着山川河流，施工环境十分艰苦，参加施工的官兵克服各种难以想象的困难，依靠科学向大自然挑战，向生理极限挑战，向擦肩而过的死神挑战。

某部一连施工工地有一段管沟离通信光缆线路很近，地方电信部门担心爆破施工会损坏光缆，建议改线。但是，更改管沟走向既耽误工期，又增加工程投资。

官兵们经过周密勘察，仔细分析，反复实验，采取"加大孔深、扩壶装药、增加炮泥填塞长度、减少装药量"的办法展开作业，不仅使光缆干线丝毫未损，而且提前挖通了管沟。

1999年中秋节，工程延伸到甘肃西河境内的石沟里，一条大峡谷里横亘着一块难撼的巨型"霸王石"。

某炮兵旅一营教导员白建盈白天带领爆破小组进行测算，装填炸药，一举炸掉了巨石。

皓月当空，万家团圆的时候，白建盈又带领部队打着手电、提着马灯，采用"流水倒班法"，将近万立方米的碎石全部搬出了峡谷。

输油管道沿途地质条件十分复杂，多是石加土结构，容易塌方，施工难度大。

为了求质量赶速度，广大官兵在施工中广泛开展了小革新、小发明、小创造活动，并先后总结出"定向爆破""松动爆破""水中爆破""一孔双壶""先清障后标定、先计算后装药、先警戒后爆破"等爆破作业法。

另外，他们采取"先行标定、同时展开、分层推进、一次成型"的方法修筑道路。

部队官兵总结出"人机配合、机挖表层、炮炸岩层、机械清渣、人工整修"开挖管沟和"人干易处、机干难处、人围机械转、人停机不停"等20多种科学作业法，克服了施工中各种技术难题。

某团排长刘勇针对不同地质情况，研究出打孔作业"一摇二提三吹法""水浸法""扩壶法"等爆破作业窍门，不仅解决了卡钻难题，而且使打孔速度提高了3倍，缩短了工期。

这一做法在施工全线得到了推广。3年来，官兵们共打炮眼90多万个，出碎石粉数千吨。

2000年7月，在甘肃西和县，为赶在"八一"前拿下一段坡度为70多度的土石山，某部二连全连官兵昼夜不停地奋战着。

因山高坡陡，有的地方人无法站立，刚开工那天，全连官兵便按照连队划分的任务，在各自地段上先挖了个能站脚的小平台，然后再一锹一锹地往下挖。

无线班战士吴明峰刚刚挖了一个能掩体的管沟，忽然有一块篮球大的石头从半山腰滚下，直朝他飞来。

与吴明峰相隔不远的战士李前国正直腰舒展身子，被突如其来的情景吓坏了，他大喊一声："小吴，石头……"

待吴明峰反应过来时，石头已经滚了下来，他躲闪不及。其实就那么大的管沟，躲也躲不到哪里去。

说时迟，那时快，情急之下，吴明峰把手里的铁锹顺势往身子后一挡，石头正好砸在锹把上。但是，因惯性太大，他的腰还是伤着了，一时疼得直不起来。

因为是个拐弯处，只有他们两人，别的人都没有看到。

李前国飞快地跑过去，搀吴明峰站立起来。

吴明峰却说没有事，一点小伤几天后会自动好的，请李前国替他保密，免得连长、指导员知道了着急。再说，连队正处在攻坚阶段，人手少、时间紧、任务重，要是他躺下了，每天两米多的任务就得由其他人完成，大家都很累，怎么能忍心自己躺着让别人干呢？

身体本来就瘦弱的吴明峰整整隐瞒了一个星期，硬是强忍着疼痛坚持在工地劳动。

刚受伤的那几天晚上，他睡觉平躺着不行，就侧身睡。白天，在工地上痛得厉害了，他就使劲地把手背过去揉一揉，实在不行了，就坐下来休息一会儿接着再干。

当连队干部询问吴明峰哪里不舒服时，他却说没事，是不小心扭了一下腰。

后来，连队干部认为吴明峰施工进度慢，怀疑是不是有思想包袱而给他做工作时，才知道事情的原委。

指导员黄建林眼含热泪在全连战士面前说："连队的施工进度之所以这么快，是因为有了像吴明峰这样受伤不下火线，负伤劳动，带病作业，从不言苦，一心为连队建设，把个人的痛苦置之度外的好战士。"

有关方面负责人说："输油管道原定5年的工期，官兵们却只干了3年多就提前完成了任务，这是一个了不起的速度，是西部军人用科学和忠诚创造的奇迹！"

建设者黄土高原摆战场

1999年春,兰成渝输油管道建设战斗在黄土高原打响了。

拨开初春的薄雾,踏上输油管道第一标段管道局第二工程公司七机组的工地,远远地就能看见标有"CNPC"的大旗迎风飘扬。

旗下,一身红装的职工正紧张而有序地工作着。焊机的轰鸣声打破了清晨的宁静。

七机组的施工地段处于兰州市的闹市区,管道沿市区排污沟底敷设。

七机组原来从没有在排污沟里敷设管道的经验,他们面临着许多困难。一是经验少,需要边干边学,不断积累这方面的经验。二是施工场地窄小,管沟才5米来宽,行人和车辆都要从这里通过。他们既要保证交通畅通,还要保证施工正常进行。

另外,七机组的施工环境相当差,管沟底部不时有水渗出来,到处一片泥泞。随着天气逐渐变暖,气温慢慢升高,污水沟里散发出一阵阵恶臭,大家感到都快要窒息了。

当时,管沟与污水沟仅有一米远的距离,施工现场的空气始终是污浊不堪的。

面对重重困难,管道建设者充分发扬了吃苦耐劳的精神，大家都决心集中力量攻克难关。

机组长经常开会，征求大家的意见，为第二天的施工扫除障碍。

当时，为了交通畅通，焊机不能停在路中间，必须停到路的尽头。电线不够长，机组长就找路边住家商量，白天将焊机停放在居民院里，晚上再推回到路边。

施工现场气味刺鼻难闻，大家都戴上口罩施工。

在没有机械配合施工的情况下，大家心往一处想，劲往一处使，一齐喊着号子"一二一"，共同抬着管子前行，进行人工布管。

焊机不能用机械拉运，大家就一齐推，遇到上坡，就推一步垫一块石头，直到最终推到目的地。

当时管沟底全是稀泥，焊工就将编织袋铺在地上，躺在袋子上进行焊接。

2000米与污水沟相伴而行的管道，就这样一寸一寸向前迈进，终于完成了敷设任务。

出了兰州城里的污水沟后，输油管道穿越关山，先后进入苏木沟、东峪沟。

苏木沟是一条大型的季节性冲沟，每到夏天、秋天，大雨突然而至的时候，从沟两侧的黄土高山汇集来汹涌的山洪，山洪夹带着泥沙和碎石倾泻着、呼啸着冲入苏木沟。所过之处，粗大的树木被连根拔起，巨大的石块也被带走，房屋田地顷刻间被夷为平地。

而到了冬、春季节，这里则满目萧瑟，冲沟就像一条冻得硬邦邦的银链，锁住了狰狞突兀的山梁。

在苏木沟，兰成渝输油管道需要纵横穿越大约20公里。

大家看到，苏木沟里的地质地貌相当复杂，其间有大型湿陷性黄土台地、冲沟，有风化的红石山，还有刀削一样陡立的断壁悬崖。

施工所需的设备、材料、生产与生活物资都要从沟的两头运进来，但是沟里既缺水少电，又和外界没有通信联系，施工环境相当艰苦。

为了打好这一仗，管道局第二工程公司认真进行施工部署，他们仔细编制施工方案，积极进行施工准备，并组织了3个标准化的流水作业机组、3个土石方爆破机组以及两个防腐机组、两个管段运输机组，大小设备共65台，展开了严冬会战。

最终，施工人员战胜各种困难，顺利完成了这段管道的敷设任务。

东峪沟是一个小地方，人们在地图上很难找到它，兰成渝输油管道通过这里的时候，才看到它坚难的一面。

东峪沟位于甘肃省渭源县境内。输油管道前后穿越东峪沟17次，累计穿越长度5.25公里。

这一地段地形多变，地质情况复杂，河道顺着山势蜿蜒东去，沿途地下水位高，鹅卵石遍布，部分地段含有泥岩，施工非常困难。

承担该段施工任务的管道局第三工程公司化建七处

把2109号桩至2110号桩位间的220米河床地段作为东峪沟穿越的突破口，从2001年2月25日起，投入人员和设备进行开挖作业。

该段设计沟深为4.2米，可挖深不到一米，地下水就涌了出来，而且鹅卵石含量高达60%，一边挖一边发生塌方，管沟很难成型。

针对这种情况，管道三公司项目部和化建七处及时调整施工方案，增调挖沟设备，扩宽管沟宽度，以保证管沟的挖掘深度，同时购置两台污水泵，日夜不停地抽水，确保了管沟成型。

管沟挖好后，施工人员又用沙袋铺垫在管道的周围，以防鹅卵石损坏管道防腐层。

大家经过连续四天四夜的苦战，挖土3800立方米，抽水1.5万立方米，铺垫沙袋3000多袋，终于按要求将200多米长的管道安全下沟并顺利回填。

首穿成功，为以后的16次穿越积累了经验，施工逐渐理顺了，进度也在不断加快。

职工们发扬顽强拼搏、连续作战的精神，吃在工地，住在现场，每天挖沟不止，一处接一处地进行着穿越施工。参建人员连续54天没有出过沟，终于在2001年4月19日完成了最后一次穿越。

秦岭以北属黄河水系，以南为长江水系，由此决定了南北河流具有明显的区别。

流经黄土高原的河流多为季节河，一到雨季则山洪奔泻，漂石滚动，异常凶猛。

根据不同的河流特点，兰成渝输油管道建设选择了不同的穿越方式。同时，为了避免水系对施工的影响，兰成渝输油管道工程项目经理部要求必须在2001年汛期前完成河流穿越任务。

渭河是条最刁难施工人员的河，它反复阻拦兰成渝输油管道前行，最初设计需要穿越它7次，后经多次优化线路走向，还要穿越渭河5次。

渭河是发源于甘肃西部的一条较大的河流，河体破碎，曲折前行，两岸洪荒遍地，每一次穿越都是石难破、土难掘、水难排。

然而，既然已经选定了线路，输油管道就必须由此通过。

第三标段位于甘肃省陇西县境内，管道大部分沿渭河谷敷设。管道不仅要3次穿越渭河，而且要6次穿越莲峰河等中小河流及冲沟。另外还要5次穿越公路，3次穿越铁路。

铁路管道局第一工程公司职工们在施工中，顶严寒，冒风雪，克服了地方关系复杂，耕地冬、春灌溉给施工带来的不便等困难，组对弯头21个，连接弯管141根，率先实现主体贯通。

3次穿越渭河，每次的穿越长度都在800米以上，而且工期要求紧，所处的地形地貌相当复杂，当地的水管部门对施工期限要求相当严格，这给河流穿越带来更大的难度。

为了确保工期和工程建设质量，承担穿越施工任务的管道局第一工程公司机械工程处领导同技术人员进实地勘察，根据考察结果，制订出周密的施工方案，科学合理地进行引水导流，围堰叠坝。

为了便于施工，他们将管沟分为两级台阶式开挖。

第一台阶上开口为160米，下开口为20米，为摆放设备、管线预制创造条件。

第二台阶上开口为5米，下开口为4米。

1600米长的管沟土方开挖量近百万立方米。尤其在第二台阶管沟开挖中，遇到了两三米深的砂卵石层，再往下是泥岩层，给管沟开挖带来了极大困难。

为了早日完成渭河穿越任务，机械工程处的职工在工作中突出了一个"抢"字，6时30分出工，22时30分收工，一天工作十几个小时。

因为渭河的两大穿越工程工地相距不远，他们就同时进行两条河的穿越施工，充分把握好每道工序间的间隙，尽最大可能地提高设备利用率。

管道一公司项目部对渭河穿越工程也非常重视，曾经多次赴现场帮助解决实际问题。

3个穿越点的作业队伍相互比着干，工程进度不断加快，难点被一个个克服。

经过50天的艰苦奋战，终于在2001年春节前，将3条钢铁管道敷设于渭河河底。

施工队再战秦岭大巴山区

2001年5月，为了实现业主提出的第五标段在5月30日完成管道主体安装任务的工期目标，管道局第二工程公司兰成渝项目部集中精兵强将，调运优良设备，坚决攻克难关，决战马家大山。

兰成渝输油管道跨越黄土高原后，就进入秦岭、大巴山区。唐代大诗人李白面对这里的群山大川，曾发出了"蜀道难，难于上青天"的感叹。

秦岭、大巴山区山高林密，山峰直插云霄，巨木直刺蓝天，远望又像翻江倒海的巨浪一样起伏汹涌。这里是管道敷设最艰难的地段，也是最危险的地段，号称"九九八十一难"的艰险段大多集中在这里。

当年诸葛亮六出祁山，但最终"出师未捷身先死"，斗志未能得遂。

有人指着点将台、街亭古镇等好多处陈迹对大家说："秦巴山区曾经是三国时蜀国与魏国多次交战的古战场，到处都留下了当年的痕迹。"

有人说："但是，今天，我们管道建设大军挺进秦巴千里群山之中，也在古战场摆开了战场，擂响了战鼓。我们一定能战胜秦岭巴山，将管道通往四川。"

马家大山地形险峻，山峰峭拔，山体破碎，不仅开挖管沟困难，而且一般的车辆根本没办法上山，运管、施工也都非常艰难。

管线从北侧的马元翻越海拔2200米的山顶，到达南侧海拔1455米的晒经，落差近800米。沿着围绕管线的盘山路上山，大大小小的急弯就有69个，管道曲折纵横、蜿蜒盘旋，要用40度以上的热煨弯头30个，弯管更是不计其数，弯头最大度数达70度，施工难度很大。

在5月的最后十几天里，管道二公司项目部成立了以项目部调度长为首，运输处、机械处、安装三公司领导参加的协调指挥小组，负责第五标段的施工协调工作。重点解决马家大山运管问题。

他们改制两辆大马力的运管车，派有经验的老驾驶员往山上拖管，抽调其他机组人员和设备增援马家大山。

承担马家大山施工任务的管道二公司五、六机组的职工住在山顶帐篷里，坦然面对艰难困苦，喊出了"人生能有几回搏，搏他一回不白活"的口号，决心挑战极限，大干20天，啃下马家大山这块硬骨头。

钢管在一根根吊装、组对，焊工们在紧张地施工焊接，管道不断地向山上挺进延伸。经过11天的连续作业，他们最终在2001年5月28日实现了主体完工，让盘旋的油龙跨过了巍峨的马家大山。

甘肃省西和县到成县的途中，有一座险峻的大山，它就是兰成渝输油管道第六标段要翻越的鞍山。

在连绵起伏的秦巴山区的群山之中，鞍山既没有俯视群峰的伟岸可以自傲，也没有撼人心魄的英姿可以供人欣赏，它默默无闻地傲立在那里，却气势恢宏地阻拦着地上的行人，天上的飞鸟，甚至连风雪也都被它阻隔在脚下。

翻越鞍山段的输油管道长度虽然仅有短短的 3 公里，但管道所经之处，山高谷深，路险弯急。坡度最大的地方达到了 70 度，弯道大部分都是肘弯似的急转弯，甚至还有几个地方管线几乎要垂直竖立起来敷设。

先期为挖管沟临时修的伴行路盘山而上，窄的地方仅有两三米，有急弯的地方就是小型车辆也要倒几次车才能过去。

路的一旁紧靠着千仞悬崖，另一边则是万丈深渊。稍不留神，就可能造成事故。由于地形太复杂，大机组、大流水作业根本没有办法展开施工。因此，管道翻越鞍山一时间成了全线的"卡脖子"工程。

承担安装任务的管道局第三工程公司管道七处经过精心准备，挑选了由班长阎洪江，火焊工赵学岩，电工孙杰，电焊工郭时章、种爱庆，机械手徐建松和起重工尹志东等 7 人组成的精干小分队挑战极限，抢攻鞍山。

他们在山上施工，首先要解决如何将管子就位的问题。钢管到不了现场，其他工序就更无法进行了。

大家沿管线走向徒步进行了几次踏勘，反复选择进管路线，经过比较，最终决定在原有伴行路的基础上，对运管路线进行拓宽、改建和延伸。

原有的伴行路长 4.5 公里，最大坡度 30 度，不仅路窄而且还有 26 个急转弯，大型车辆设备根本无法上去。

他们就用单斗挖掘机对原有的伴行路进行改造，拓宽了路面，降缓了坡度，加大山路和转弯半径，然后又根据需要，新修了 2.5 公里的伴行路。经过 10 多天的艰苦拼搏，大家终于建成了一条简易的运管道路。

虽然有了这条简易运管道路，但运管还是相当困难。

施工人员根据地形和路况，自制了一个拖管用的铁爬犁，一次可以拖 5 根管，用推土机往山上拖。

但是，由于山路复杂，往返一次就需要两三个小时，一天只能拖两次。

一天下午，配合运管的机械手魏周武往山上拖管，到了一处急弯，由于坡太陡，设备加油的惯性使 4 根管滑动，一头搭在爬犁上，一头落在地上，当时十分危险。

天气慢慢变得阴沉下来，魏周武想：如果再下雨，停在弯路坡道上的设备和钢管就可能滑落到山谷里，如果请求救援，其他起吊设备根本上不来。

魏周武谨慎小心地先用倒链锁住滑落的钢管，再用推土机一点一点地拖到爬犁上，拖一根就固定一根，4 根钢管他整整用了 6 个小时。等魏周武终于将管子运到工地上的时候，已经是 20 时了。就这样，他把翻越鞍山的 250 多根钢管一根一根运到现场。

因为山路太陡，上下不方便，每天上下工地，大家都要消耗很大的体力和时间。为了便于施工，职工们干脆自带行李和帐篷，住在鞍山的山顶上。

山顶上有茂密的林木和植物，有凶猛的大黑熊和雄壮的野猪等野兽和令人防不胜防的毒蛇，就是没有人家。大家在这几乎与世隔绝的地方，一住就是3个月。

刚开始的时候，为了解决职工们的生活用水问题，小分队在山坡上挖了一个约5米深的蓄水池，积攒山石缝里渗出的地下水。但由于山水中含有一些杂质，虽然经过净化处理，大家喝了以后还是人人闹肚子。7个人几乎全都趴下了。

后来，管道三公司为了保证职工的身体健康，项目经理夏庆武决定往山上运纯净水，供职工们饮用。

由于温差大，4月下旬的鞍山上气候仍然很恶劣，山下已经穿上了单衣，山上还要穿毛衣，山下下小雨，山上飘的却是雪花，山上山下就如同两个季节一样。

为此，处里特意安排了专门人员和车辆，每3天从县城采购一批食品和蔬菜给山上小分队送去，以维持职工的日常生活。

但是，他们上山不久，天就变了，连续下了几天的雨，封了所有上山的路，职工们只好靠贮存的干菜、咸菜和方便面来充饥。

4月25日，处里再次到县城购买了食品和蔬菜运到山下，但是因为下雨路太滑，还是上不去山。

大家正在焦急的时候，山下赵坝村48岁的房东田双成主动前来，他对大家说："你们不要着急，山里人不愁山路，我去送吧。"

田双成把 35 公斤重的食品和蔬菜装进背篓里，背上了山。

赵坝村离鞍山上有 3 公里多的山路，田双成冒着山下的毛毛细雨，顶着山上的漫天雪花，一步一滑地硬是爬了一个多小时才到达山顶，为山上的职工们解了燃眉之急。

一天天过去了，职工们天天与大山为伴，与大钢管为伍，他们根本看不上电视，也听不到广播，甚至连澡也洗不上。

但大家的精神非常饱满，他们无怨无悔。大家为了加快施工进度，打破了工程界限，一个人干几个人的活，有时连午饭也顾不上吃，一天只吃两顿饭。

经过 80 多天的艰苦奋战，施工人员挑战了施工极限，也挑战了自我，苦干加巧干，一步一个脚印地把输油管引过了鞍山。

2000 年 11 月，辽河石油勘探局油田建设工程一公司项目部迎着寒冬来到了万家大梁。

万家大梁群山耸立，山间有盘山道顺势而上。要施工，首先就得将设备和钢管运到山上。

当时正是隆冬季节，山里大雪纷飞，寒风刺骨。为了保证安全，有关部门规定封山两个月，控制车辆通过万家大梁。

但是工期是不等人的，施工再也不能耽误下去了。

于是项目部副经理孙兆华挺身而出："给我两辆铲车、10个人，保证在半月之内将设备和管子运到现场！"

　　得到许可后，孙兆华带领一班人马爬冰卧雪，风餐露宿，昼夜兼程，他们更是赶在12月5日之前，在冰天雪地的山梁上，抢修出了一条25公里长的山路，将18台施工机具及500多根钢管安全地送到了万家大梁。

　　而石碑岭的施工环境更是险恶几倍，施工作业带就是山区伴行路，伴行路只有3米多宽，最窄处只有两米多一点，施工设备根本没办法通行。

　　而且管沟上方就是峭壁和危石，随时都有塌方、滑坡的可能。而伴行路的下方就是悬崖和深渊。

　　2001年6月13日上午，管道局第三工程公司化建四处机械手张会彬驾驶一台弧焊车前往石碑岭施工现场。

　　张会彬在经过上坡路的一处转弯的时候，由于前天晚上的一场雨造成路基松动，设备左侧履带的路面突然塌陷下去，设备开始向山谷方向倾斜。

　　张会彬努力地操纵着设备想摆脱险境，但设备竟然一点也不肯移动。

　　紧随其后的处长付德彦一见吓坏了，他赶紧大喊："快跳车！"

　　张会彬刚从车上跳下去，十几吨重的设备就轰隆隆地滚下了100多米深的山谷。

　　现场的人全都吓呆了。事后，付德彦哭了，他是庆幸张会彬能在如此危险的情况下捡回一条命。

张会彬也哭了，他是痛惜那价值20多万元的设备毁在了自己的手里。

由于山区伴行路较窄，行车危险，而且车辆紧张，付德彦为了工作方便，向驻地村民借了辆摩托车，一天到晚从一分队到二分队，从驻地到石碑岭，每天行程不下100公里，几个月下来，付德彦的体重就降了15公斤多。

孙洪建由于工作勤奋能干，大家说他就像老黄牛一样，所以就亲切地称他为"阿牛"。

这段管道施工中使的弯头和弯管特别多，平均1公里就要用40到70个，每个机组每天最少要用5个以上。

这样，弯头、弯管组就必须加短节、磨坡口。而孙洪建作为管工，他每天要打磨很多个管口。他每天都在管沟里握着大砂轮磨坡口。

因此，在石碑岭工地，孙洪建的绰号又多了一个："牛魔王"。

管道三公司大战输油隧道

2001年,管道局第三工程公司承担了兰成渝输油管道第六、第七、第八标段,其间要穿越11条隧道。

兰成渝输油管道沿线的山太多了,而且许多山峰海拔超过了2000多米。山路崎岖,峡谷险恶,管道无法攀越,设计选择了隧道穿越方式。

隧道窄小低矮,设备拖出拉进很困难,而且通往隧道的路都是临时修的,大部分路段地质构造复杂,地形变化大,山高谷深,路险石危。

管道三公司承担的这11条隧道总长度达6.6公里。

关沟门隧道是管道三公司打火开焊的第一条隧道,长660米。化建七处抽调6名精兵强将组成隧道穿越小分队,于2001年4月25日在隧道中间正式开焊。

隧道内阴冷潮湿,到处都在向外渗水,地上非常泥泞,而且焊花造成烟雾弥漫,施工环境非常恶劣。

电焊工史林和李连科等人为了抢进度保工期,顾不上休息,从早到晚,轮流进行焊接,就连吃午饭也在隧道里。

经过10天的艰苦努力,大家终于完成了关沟门隧道的主体焊接安装任务。

三公司完成了关沟门隧道后,又迎来了双水磨隧道的艰苦奋战。

仅从双水磨这个名字就可以看出，这条隧道的水系很发达。隧道两端分别两次穿越三官河和两次穿越三官公路，被大家称为"五连穿"。

虽然双水磨隧道长度只有 165 米，但南口开口就是三官河河床，大量的水涌入隧道中，积了膝盖深的水。

储罐七处的职工们组成一个 4 人小机组，他们承担了隧道施工任务。

为了保证焊接，管工周建立站在水中，一点一点地拉倒链，将钢管提高到水面以上。

但是，尼龙吊管带湿透了之后，要有三四个人共同努力，才能将它抬起吊在钢管上。

电焊工胡少立等人不仅下身被泥水完全浸透了，而且在焊接的时候，还被溅得满身满脸都是泥水。

在阴冷潮湿的隧道里，他们被冻得嘴唇发紫，全身也直打战。但是，没有一个人退却，大家全都充满了干劲。

经过 3 天的艰苦拼搏，终于完成了。他们中有人身上起了湿疹，但大家顾不上休息，又立即投入到穿越三官河和穿越三官公路的战斗中。

当险崖子隧道的战斗打响的时候，这一重担又落到了用递接组焊法拿下鞍山 72 度大斜坡的鞍山 7 人小分队的头上。

险崖子隧道虽然只有 134 米，但隧道斜穿山腰而过，坡度达到 30 度，这就十分困难了。

当时，管工和电焊工腰里系着保险绳，全副武装地进洞作业。

7 人小分队经过 3 天多的紧张施工，终于完成了最后一道焊口，险崖子隧道穿越成功。

2001 年 5 月 3 日下午，何家湾隧道管道焊接施工正式打响了。

何家湾隧道和严家山隧道长度分别为 508 米和 350 米，两者相距 3 公里。

管道三公司化建四处经过精心准备，组成了一个 9 人施工小组。

仅用 3 天工夫，5 月 6 日上午他们就顺利完成了何家湾隧道管道焊接任务。

当天下午，山里又下起了蒙蒙细雨，他们决定乘胜前进。

副处长赵四才带领大家装好行李后，立即向严家山隧道进军。

由于伴行路坡陡弯急，山高谷深，而且又十分狭窄，行走起来异常困难。

他们还没有走出 1 公里，刚才的蒙蒙细雨就变成了瓢泼大雨。狭窄的伴行路变得泥泞不堪，而且又全是上坡路，行李车直打滑，车尾左右摆动，十分危险。

但为了确保业主提出的工期目标按时完成，保证第八标段如期贯通，他们顶风冒雨，几乎是用手推着车，一步一滑地走到了严家山。

大家望着被大雨淋得湿透的行李，没有任何怨言，他们将行李卸下车，就立即架线布电缆，做好了开工前的准备工作。

由于有了以往隧道施工的经验，他们抢在天黑前就焊接了6道口，第二天又完成了剩余管道的焊接安装任务。

5月8日上午，严家山隧道穿越告捷。他们用5天时间，完成了两条隧道的穿越施工任务。

2001年7月，三公司储罐七处职工又承担了牛头山隧道的焊接安装任务。

牛头山隧道长1854米。海拔1900多米的牛头山被称为全线的难中之难，险中之险，重中之重。

牛头山隧道则是全段工程的制约点之一，隧道宽3米多，车辆刚能通过。

七处职工们首先在隧道北口的山坡上平整出一块1000多平方米的平台，再通过坡度约31度、长1.8公里的山间伴行路，将钢管从牛头山脚下运至高差达400多米的平台上，进行管线"二接一"焊接。然后，再用自制的胶轮推车把一根根钢管运进隧道内摆好。

7月21日，他们正式开始了隧道内管道组焊的攻坚战。

由于整条隧道都是在岩石层中开凿出来的，洞内到处渗水、滴水，地面积水没到了小腿，阴冷潮湿，虽然洞外温度已经到了盛夏的 30 多摄氏度，但洞里却只有 10 摄氏度左右，内外温差竟超过了 20 摄氏度。

施工人员身着单衣上山，进洞的时候就得穿上毛衣、毛裤和水靴。

他们每天 7 时进洞，20 时返回，连吃午饭也在洞内。

就是在这样艰苦的条件下，机组长肖红江从开工准备到管道主体完工长达一个多月的时间里，竟没走下牛头山一步。

建设者在四川平原与河水决战

2001年早春二月，兰成渝输油管道第十四、第十五标段的5条大型河流的穿越战陆续打响了。

管道进入四川后，河多是一种自然景观。

俗话说："隔山易，隔水难。"难就难在施工没有道路依托，水上没有承载能力。要么水上架桥，要么河底开挖。

但无论是哪一种施工方法，都是人与水的决斗。

石油工人说："没有闯不过的险，没有跨不过的河！"

成都平原的安昌河、绵远河、石亭江、鸭子河、青白江径流散乱，河床卵石成堆，河体破碎，地下水如泉涌，造成导流渠疏通难度大，排水、防渗困难，河床管沟难以形成。

为避免水系对施工的影响，兰成渝输油管道工程项目经理部要求河流穿越任务必须在汛期前即4月30日前完成。

参战的大庆石油管理局油田建设公司、管道局第一工程公司职工变压力为动力，春节刚过就从千里之外赶到工地。

为了争取时间上的主动，各种大型机具早在2000年11月就运抵现场。

2001年2月23日，安昌河穿越战率先打响了。

穿越工地彩旗招展，机器轰鸣。在鞭炮声中，5台挖掘机一字排开，高高扬起掘臂向河流宣战。

随后，绵远河于2月26日、石亭江于2月28日、鸭子河于3月3日、青白江于3月6日穿越工程也相继开工。

管道一公司承建的第十五标段要穿越石亭江、鸭子河和青白江等大型河流。能否按期完成这3条大型河流的穿越任务，直接影响着该标段的建设工期。

为此，管道一公司做了充分准备，他们专门成立了3个河流穿越队，从2月28日起相继展开了3条河流的穿越施工。

青白江穿越工程开工较晚，完工却较早。3月6日开工，3月23日第一段125米管线下沟，硅芯光缆同沟敷设回填，实现了"管沟开挖、管线焊接、防腐补口、吊管下沟、细土回填"一次成功的好成绩。

正当管道一公司策划如何在3月底完成整段管线的穿越任务的时候，由于春季农田灌溉，3月27日晚青白江上游突然开闸放水，下游关闸，河水上涨5米，被迫停工6天之多。

经过多次反映情况，当地水利部门答应给24小时的时限，降落水位。

4月12日，为了争取时间，实现穿越过江的工期目标，在现场监理的统一协调下，管道局第一工程公司、郑州华龙无损检测公司、管道局通信公司等施工单位全部到达现场。

在水位刚下降的时候，施工单位就清理管沟，组焊管段。

四川石油天然气工程建设监理公司兰成渝项目部总监、副总监和专业监理工程师也和施工队伍一起坚守在工地上，做好现场协调工作，监督施工质量。

焊接监理工程师甘志求已经年近花甲了，偏偏这时高血压又犯了，但他吃了几片药，仍然坚持在穿越工地，领导们怎么劝他也不回去。

管段下沟、连头焊接、探伤检测、防腐补口紧张而有序地进行着。

当两段管线在江心碰口处焊完的时候，已经是4月13日3时了。

鸭子河穿越工程于3月3日开工，管道一公司用4台挖掘机、4台推土机昼夜作业，于3月31日将第一段管线和硅芯光缆同时下沟回填后，立即又进行第二段围堰、导流渠、管沟的开挖。

4月14日，第二段管道下沟连头、硅芯光缆同沟敷设任务同时完成。这宣告了第二条大型河流穿越施工顺利结束。

石亭江是沱江支流，它发源于四川北部岷山山脉，流经成都平原，在金堂县城关附近汇入沱江。

石亭江穿越段属中游平原地带，河谷宽阔，水流平缓。

穿越断面正处在挖沙区域，河滩及河床内到处是卵石和积水坑，地下水位又高，给施工带来极大的不便。而业主要求在40天之内完成主河道穿越任务。

承担施工任务的管道一公司工程七处面对困难没有退缩。他们组成专门的焊接小分队进行施工，仅用三天半的时间就完成了33道口的焊接任务，于4月18日顺利完成组焊，经X射线检测合格率达100%。

4月20日，石亭江穿越工程主河道386米管道整体下沟一次成功。

5月1日，导流段166米管道整体下沟一次成功。

至此，石亭江穿越顺利完工，管道一公司用1个月的有效工期完成了两个月才能完成的施工任务。

绵远河穿越工程由大庆石油管理局油田建设公司承建。绵远河河宽680米，土建任务很重，管沟基岩段长180米，施工难度大。

2001年2月26日，绵远河穿越工程开工，但28日就因故受阻，直到3月23日才复工。

经过成都项目部员工的积极协调，停停干干的局面才算有了改观。

施工单位抓住时机，焊接管线和土建施工同时进行。4月7日下沟、回填，随后4月16日就完成了第二段管道下沟碰口和硅芯光缆同沟敷设任务，按业主要求提前完成了管道、光缆穿越任务。

在江河穿越施工中，管道一公司和大庆油建公司展开了擂台赛。双方各上3个焊接机组，在绵延120公里的线路上摆开了组装焊接的战场。

为了抢时间、争速度，施工机组每天7时就开始施工，直到20时才下班回驻地，一天10多个小时在管道上摸爬滚打。

为了高质量、高水平、高速度地穿越5条河流，四川石油监理公司配备了有丰富穿越施工经验的高级工程师刘江湖、佟明时、庞德纯现场指导施工。

白天，他们在穿越工地上来回奔波，解决施工中遇到的难题，晚上坚持召开施工协调会，安排施工计划，协调施工力量，使输油管道按计划向前挺进。

2001年2月24日，吉林石油集团有限责任公司建设公司的管道安装队伍，在涪江两岸醒目的施工管理标牌和彩旗的辉映下，展开了涪江穿越攻坚战。

涪江横穿四川省江油市全境，水流湍急，景色秀美。它给两岸人民带来幸福的同时，也带来数不尽的泪水和悲歌。

当地居民说："每年3月，这里都有'桃花汛'泛滥，给两岸人民带来灾难。"

为治理洪水，四川人民在这里建起了3座水电站，从此江水才驯服了。

兰成渝输油管道所经过的地段，正是这3座水电站泄洪的汇合区域，水面宽300米，正常年代丰水期水流量达 2000 立方米每秒。

这里不仅江面宽，水流急，而且河床下都是漂石和焦板岩。输油管道就是在河床下 8 米处穿过，这对施工单位来说无疑是一种艰巨的考验。

从开工的那一天起，施工人员就紧张而有序地展开了 24 小时连续作业，仅用 16 天时间，他们就完成了导流明渠的开挖和主围堰的修筑任务。

但是，随着工程的进展，困难也在逐渐增大，因为连续多天下雨，而且，在主河床开挖至 6 米深的时候，遇到了大块漂石和焦板岩，大的漂石有 10 多立方米，重达 20 多吨。

焦板岩是在高温与高压的作用下，由卵石与砾砂胶结而成的，既有硬度又有韧性，电钻、风镐都不能使其成孔或成块刨掉，只能靠人工打孔爆破。

大家苦干起来，大锤磨破了工人的手，溅起的石砾划破了人们的手和脸，但大家全然不顾。

2001 年 4 月 19 日，他们终于完成了穿越涪江主河道 365 米管线的敷设任务。

但是，4 月 20 日之后，涪江穿越地段及其上游连连降下大雨，水位迅速上涨，上游 3 个发电站为了泄洪同时开闸放水，洪流汇集涪江，水流量高达每秒 1.2 万立方米以上。

江水漫过了主围堰和二围堰，部分设备被淹，施工便桥也被冲垮了，预定的施工方案和计划被打乱了。

但是，施工队伍并没有被洪水征服，没有被困难吓倒，他们重新制订方案，在主河道与碰头点之间增设混凝土挡水墙继续施工。

然而，几天后又一场百年不遇的洪水将刚刚修好的混凝土挡水墙冲垮了，洪水挟带着泥沙和砾石吞没了整个施工现场，施工再次受阻。

指挥作业的领导眼睛都熬红了，施工的将士们嗓子也喊哑了，但是，洪水并没有淹没他们的智慧和信心。

吉林油建兰成渝项目部会同建设单位和监理单位，共同研究制订了"高压注浆封堵渗漏"的方案，注浆封堵导流明渠与碰头点作业区间的渗流，配备大排量的水泵，采用"强排"手段实施穿越碰头。

5月13日，施工单位以抗洪抢险的精神对穿越碰头点发起了总攻，投入12台水泵排水。

但由于水量太大了，而且施工处水位又低，外部压力很大，渗流、管涌不断，刚开始排水的时候，水面下降比较快，当内外水位高差接近10米时，水位下降开始减缓了，他们又果断地增加了5台大排量水泵。

全体参战人员都下定了决心：哪怕流几斤汗，掉几斤肉，也一定要保证工程按期完工。

从开战的第一天起，吉林油建兰成渝项目经理孙文大就坚持在施工现场指挥，几天下来，他的双腿开始浮肿，刚开始休息一夜还能消肿，但后来就再也消不下去了。

大家都劝孙文大休息几天，他说什么也不肯。

项目总工程师初志迁、生产部长杜立新、技术部长王存瀛，白天指挥线路施工，晚上收工后，又马上赶到涪江穿越工地。

为了防止抽水过程中不断渗入的泥沙吸入底阀，降低泵效，陈德学等十几个人轮流下到水中清沙。

吊车司机马春山连续15天吃住在车内，随时吊运底阀和上下移泵。

电气工程师张文元、电工刘刚也是整天在工地，保证泵群安全供电。

经过15个昼夜的艰苦奋战，2001年5月30日，"强排"终于成功了。

5月30日，碰头的条件基本具备了，项目经理部决定：马上对口焊接！

9时30分，随着嘹亮的笛声，吊装组对开始了。安装工人全部跳入水中，对口、焊接，江水在他们的膝下湍急地流过，焊花在管线上飞舞。

焊接下半圈焊口的时候，电焊工为了保证焊接质量，就躺在水中施工进行焊接。

经过两个多小时的紧张施工，他们终于完成了碰头焊接，经检测焊口质量合格。

全场顿时欢声雷动，大家个个脸上都挂满了笑容。

为了确保管道的建设质量和降低工程造价，兰成渝输油管道工程项目经理部按照河流的特点选择了多种穿越方式。

由管道局第一工程公司承建的球溪河跨越工程,是成渝段仅有的一个跨越,也是一个样板工程和标志性工程。

参建人员克服工期紧张、自然环境恶劣、施工现场条件差等诸多困难,苦战近5个月,于2002年1月23日完成了整个跨越工程施工任务,比业主要求的工期提前了8天。

球溪河跨越主跨长130米,两边跨分别长40米和47米,跨越结构为悬索式钢结构管桥。

这项工程为中型悬索跨越,塔架高19.5米。跨越管桥由主索和吊索悬挂,并靠两片风索稳固。

跨越基础由8座独立重力式钢筋混凝土组成,所有基础要求全部坐落在基岩上。

球溪河是沱江的一条重要支流,为典型的山区侵蚀性河流。

跨越点两岸地势陡峭,没有滩地,四周环山,跨越基础就坐落在山前的台地上,没有进场的道路,通信和交通等条件非常差。

由于正是四川的梅雨季节,两个多月的连绵细雨给施工带来极大的困难,刚刚修好的施工便道被雨水冲毁,施工材料和设备无法运到现场,直到2001年9月份才开始进行跨越基础施工。

当时,大家开挖基坑只能在泥泞中进行,由于基坑较深,在雨水的作用下,经常出现塌方现象,工程进展十分缓慢。

为了抢工期，在进场道路无法满足施工要求的情况下，人们就利用船舶将土建施工的材料和部分设备运到施工两岸，再由人工倒运到施工现场。

施工队伍经受了雨水的多次考验，大家在泥泞中艰苦奋战，仅用两个半月时间就完成了八大基础的基坑开挖和混凝土浇筑。

到11月初，随着天气的好转，道路逐渐修通了，部分钢结构材料陆续运到施工现场。

为了抢工期，工人们夜以继日地工作，有效合理地安排每一道工序，仅用一个月的时间就完成了管桥桁架的下料、组接焊接、喷沙、涂漆工作。

12月6日开始塔架的下料和预制工作，到12月18日，南岸塔架组立成功。紧接着，12月26日，北岸塔架也组立成功。

球溪河跨越施工除了受到地理和自然环境的影响外，最主要的困难就集中在两岸塔架的组立上。

由于受施工现场的限制，大型吊装设备没法进场，并且塔架基础高于地面8至10米，在无法借助吊装设备的情况下，怎样才能把约8.5吨的塔架吊装到近10米高的基础上，就成为整个跨越工程的关键。

工程技术人员将整个起吊过程分解，设计采用自制双人字桅杆的起吊方案，安全地完成了两座塔架的整体吊装和组立，并成功地完成了两座塔架与塔架基础铰支座的空中连接。

在跨越索具发送和安装上，技术人员打破常规，经过对施工索的受力计算和挠度的选择，采取了单根施工索的发送方法。

这样，不仅减少了安装施工索的工作量和时间，而且在发送过程中操作灵活简便。

为了尽量减少高空作业时间，两片跨越主索和吊索全部从一岸向另一岸分别发送，吊索随主索的缓慢发送逐个在岸边安装，并随主索一同发送到对岸。

这样，施工人员仅用两天时间就完成了两根主索及52根吊索的发送安装工作。

由于两片风索在管桥两侧呈扇形空间结构，其发送和安装有一定的难度。

为了减少不必要的空中作业程序，施工人员借助管桥，先将风主索发送到对岸，然后再在管桥上逐个将风系索对号安装就位，最后将两片风索脱离管桥再与两岸风锚基础连接，仅用两天时间就完成了两根风索和52根风系索的安装。

在管道的跨越时，施工人员采取了在岸边预制成三联管，然后逐个沿管桥发送的方法。

他们在塔架基础前的发送平台上完成三联管的连接，并于2002年1月8日完成了跨越主管道的发送和焊接工作，经无损检测，一次合格率100%。

1月23日，整个跨越管道的试压和防腐保温工程完成。

管道局奋战川渝丘陵地段

2001年，兰成渝输油管道跨过了一山又一山，穿过了一江又一江，进入了川渝丘陵地段。

在这里，管道油龙又遇到各种困难，其中依然是河流的穿越和水网的阻隔。连片的稻田和无数的堰塘给管道施工带来极大的不便。

流经川西平原和川渝丘陵地带的河流水量充沛，水深河宽，河道地质复杂，兰成渝输油管道建设也根据具体情况，研究各种方法进行河流的穿越施工。

定向钻穿越，是管道穿越河流的一种新方法，但施工难度大，风险也大。

为了闯过难关，兰成渝输油管道工程项目经理部选择沱江作为试验场。

承担沱江定向钻穿越施工任务的管道局第三工程公司职工们顶风冒雨，不怕吃苦流汗，在沱江两岸展开了一场苦战。

沱江属于四川省的内陆河，它发源于四川西北茶坪山脉茂县九顶山南麓，其上游由绵远河、石亭江、湔河、卜阳河、毗河五大支流汇集于金堂组成沱江干流，然后经简阳、资阳、内江，于泸州汇入长江。

沱江水平定向钻穿越长度为801米，穿越点水面宽、流量大、流速急。穿越深度37.3米，穿越断面地处沱江中游丘陵地段，曲折多弯，仅有13公里是直线距离。

穿越点不仅地表复杂，地质情况也异常复杂，布满了砂质泥岩、基石、花岗岩、卵石、姜石。这种地质可造成钻具严重磨损，风险特别大。

管道三公司沱江穿越项目部知难不畏难，他们为了确保施工成功，做了充分的准备，采用从美国引进，具有世界先进水平的新型HDR-220型水平定向钻机，并配备了专用岩石钻具，对泥浆进行科学配比，决心打一场漂亮的穿越战。

当时，通向工地的道路是一条3.5公里长的山路，路窄弯急，途中还要经过两座小桥，这给穿越钻机进场带来了障碍。

而9月和10月恰好又是内江地区的雨季，道路湿滑，异常泥泞，钻机进场的时候，40吨的车头牵引主机上坡，由于道路又窄又滑，牵引时主机后轮经常打滑，轮胎脱离路面悬空。

在这危急时刻，职工们赶上前来，大家人拉肩扛，共同把钻机推过了山坡。

2001年9月12日，内江市白马镇石庙村彩旗招展，人头攒动，异常热闹。十里八村好奇的乡亲们冒着细雨从四面八方赶来，争相目睹开钻的辉煌场面。

工地上，一条标语上写着：干好沱江穿越工程，誓为兰成渝作贡献！16个大字格外醒目。

业主代表兰成渝输油管道工程项目经理部副经理张利、徐俊，内江市副市长王宾等领导也来到施工现场，给管道三公司穿越人鼓劲加油。

11时，随着四川石油天然气工程建设监理公司李贵福总监宣布开工令，鞭炮与钻机齐鸣，钻头对着入土点，朝着沱江对岸飞快地旋转。

一时间，风声、雨声、钻机声交织在一起，构成了一曲穿越阵地的交响曲。沱江穿越岩石的战役打响了！

计算机时刻测量着钻头前进的路线，技术人员不敢有丝毫懈怠，他们精心地按设计出土点的要求进行导向孔穿越。

工人们在雨中小心翼翼地拆卸、安装钻杆。钻杆一米一米地向前钻进，施工人员的心也随着向前移动。

经过6天的冒雨奋战，钻头终于在沱江东岸预定地点顺利出土。

钻孔完成后，要把管道回拖过来还需要扩大孔径。

10月23日开始预扩孔作业，由于穿越的岩石岩体既大又硬，切割刀切割高强度岩石时钻杆剧烈抖动，钻机也随着轻微跳动，扭矩和推拉力两项重要参数急剧上升，超过了工作负荷。

同时，管道一侧施工人员发现钻杆自动卸扣了。在以往施工中从来没有遇到过这种情况，大家都感觉到了不正常。

扩孔作业速度进行得非常缓慢，大约平均一两个小时才能扩一根钻杆。而在一般情况下，半小时以内就可以扩一根。

雨还在不停地抛洒在沱江两岸，管道三公司穿越人在最困难的时候没有退缩，他们毫不气馁，依然坚守在阵地上。

沱江穿越项目部负责人贾伟波深深地感到了肩上担子的沉重，但是他心中只有一个念头：沱江穿越只能成功，不能失败。

贾伟波号召广大职工：大家要振作精神，积极工作。

贾伟波同时组织工程技术人员进行分析研究，依靠集体的智慧和力量去战胜困难，夺取胜利！

这时，在安徽淮河施工的定向钻专家、高级工程师石忠、高级技师李贵华也闻讯赶到沱江穿越工地。

大家通过一天一夜的现场观察，找到了出现问题的原因是由于复杂的地质情况导致岩石切割刀牙轮严重损坏和钻屑在孔内淤积造成的。

他们决定采取放慢扩孔作业的速度，降低扩孔时的拉力和扭矩，同时加大泥浆配比，提高钻屑携带能力，减少孔内的阻力和摩擦力等办法，终于解决了钻杆抖动和钻杆自动卸扣的问题。

扩孔决战的时刻终于来临了，天也放晴了，大家算了算51天中竟然有45天在下雨。

但是，一场大雾却不约而至。雾气茫茫，天上虽然有太阳，但太阳就像在浴室水汽中的灯泡那样发出昏黄的暗光，在厚厚的云雾后面若隐若现。

连绵不绝的细雨，空气异常潮湿，许多人水土不服，全身上下甚至脸上都起了红色的斑疹，又痛又痒。

但是施工人员克服种种困难，大家披星戴月，坚持一天 24 小时昼夜施工。

施工人员穿越沱江时，不仅要进行科技攻关，而且还要与大自然搏斗。穿越职工们遭遇到当地自 1981 年以来的又一次特大洪峰。

2001 年 9 月 20 日 14 时，沱江穿越项目部接到内江防汛办的紧急通知：沱江洪峰将于当晚 24 时到达内江。

当时，穿越施工要用的管材都堆放在岸边，如果不及时搬走，就会被洪水冲走，那就会给国家造成 268 万元的财产损失！

汛情就是命令。当时，贾伟波临危不乱，他立即组成了抢险小组，亲自带领 24 名职工迅速赶赴工地。

而当时，现场唯一的一台挖掘机却在距离堆放管子 50 米远处被两道冲沟挡住过不来，有劲也使不上。

眼看着洪水一浪比一浪高，正一步步逼近了钻杆和管材。

贾伟波大喊一声："围堤堵水！"

一声令下，全队二十几把铁锹飞舞起来，水涨堤也随之增高。

当时，凶猛的洪水已经涨高了两米，堤坝不但要增高，而且还要加宽才行。

参战人员心往一处想，劲往一处使，形成了一股巨大的与洪水抗争的力量。

此时，周围的群众也受到感召，大家自觉地组成了一支增援军，挥锹助阵。

贾伟波立即又组织人员往高处抬管子，12个人一组，抬着800多公斤重的钢管一米一米远离洪水。

洪水在一步步逼近，大家心里明白：抢救出一根管子就能挽回4万元的经济损失。

与此同时，挖掘机也越过了冲沟，开始运管。

职工与乡亲们经过11个小时的奋力拼搏，67根钢管安全地躺在了高高的地方，一根都没有少，钻机靠近江的一侧也垒起了堤坝。

2001年10月31日，主体管线回拖，沱江穿越进入倒计时。

11月1日12时18分，在钻机的轰鸣声中，切割刀出土，回拖成功了！

顿时，整个工地沸腾起来，每一个人的脸上都洋溢着胜利的喜悦！

然而，在其他施工工地，水田、水网，依然是管道施工建设的一道道难题。

兰成渝输油管道工程第十五标段几乎被水田、水网覆盖，这里水系发达，沟渠纵横，给施工带来了极大的不便。

由于管道线路远离干线公路，运管车辆无法直接进入施工作业带，需要修筑运管道路。但这里沟渠太多，为了不影响沟渠的正常供水，管道局第一工程公司购买了大量的过水涵管，一次竟将附近水泥厂的大小管全部买光了。

同时，因为水田的地基承载力较低，运管车辆还要靠牵引车拖拉。即使这样，管材还是不能运到位，还必须用吊管机背管。

在这特殊的水网地段，施工人员就只能用托管爬犁运管，最长拖运距离达 3.5 公里。

工人们在水田中施工，每天拖泥带水非常辛苦。最为辛苦的是焊工。他们虽然穿着雨裤，但为了每道焊口的焊接质量，他们往往忘记了身下的泥水，有时干脆躺在泥水中焊接。

这样，一天下来，这些辛苦的电焊工人便成了泥人。

为了抢进度，即使是在雨天，机组的人员也正常上班，一部分人在施工现场布管，其余的则在客车里等候，雨一停歇，他们就立即进行焊接。

泥泞而难缠的沼泽水网，没能挡住管道的顽强挺进，建设者凭着勇敢与顽强，凭着智慧与力量，胜利地穿越了水网地带。

管道局第二工程公司承建的第十七、第十八标段沿线山丘连绵，沟渠纵横，雾多雨水也多，进入秋季，这里更是冷雨绵绵。

第十七标段在 2001 年 9 月份开工以后，机组面临的第一个难题就是管道如何过水田的问题。

在实际施工中，他们坚持顺序施工，尽可能减少设备二次进场，并采取了一系列技术措施。

在测量放线的时候，职工们根据交桩记录，对现场的每个桩位仔细做好标记，对于水田长度超过 100 米的地段打加密桩，确保放线引线的准确。

在施工作业带，先修排水沟排水，通过自然晾晒承载能力，再用草袋装土修筑堤坝，铺垫作业面，用涵管导流排水。

在布管时，因为秋雨较多，水田地段土层含水量达到了饱和，而且土质为黏土，土壤的渗水性差，载重车辆根本就没办法通行。

职工们就用草袋子垫底，竹跳板盖面，筑就了一条简便的道路。无法采用机械运布管，他们就用槽车或履带拖拉机配合拖管小车进行钢管的二次或三次倒运，保证钢管及时到位。

在管道组装过程中，大家用外对口器配合三脚架，制作钢浮板，配合挖掘机吊装组焊。

由于思想正确、措施得力，他们终于成功了，经过数日奋战，输油管道顺利通过第十七标段。

输油管道第二十、第二十一标段全长 115 公里，都在重庆境内。沿途沟谷交错，水田密布，阴雨天特别多，道路泥泞湿滑，施工非常困难。

承担其中 95 公里主体管道焊接任务的管道局第三工

程公司在交接桩晚、土地征用困难、管沟开挖滞后等不利情况下，不等不靠，积极主动地创造条件进行施工，在川渝地带水网地域进行了艰苦的拼搏。

由于水网地段交通困难，上下工地在路上就要耗掉3个多小时，职工每天6时出发，20时返回，经常是两头不见太阳。

大家吃饭、饮水、设备用油都是靠人一点一点往里背。

他们进入工地时，由于泥水太深，只好先迈出一条腿，再用双手帮忙拔出另一条腿，这样才能一点一点地向前行进。

大家在冰冷的泥水里一干就是一整天，下工时靴子里和水衩里都是泥水。

当时，已经50多岁的起重工周义患有关节炎，一天下来疼痛难忍，他就在睡前用红外线灯照一会儿，第二天照常出工。

管工杨忠臣、韩树平患感冒发烧，他们晚上输液，白天仍然坚持奋战在工地上。

在密布的水田、水网和泥泞的田间小路上施工，大型机械设备根本使不上劲，这严重地影响了施工进度。

面对这些难题，管道三公司项目部积极开展征集合理化建议活动，大家劲往一处使，共闯难关。

钢管每根长12米，直径3.2米，重达800公斤，以往施工都是用管车直接运到现场，但现在根本进不去。

管道三公司七处的职工经过实地勘测，焊制了一个船形的爬犁，通过多次实验改进，由最初的一次拖运两根到最终一次可以拖运13根，基本上保证了泥水地段的进管问题。

化建七处在此基础上，又安装了一台50千瓦的发电机和4台电焊机，组装成一艘"焊接船"，由挖掘机牵引，解决了焊车在水泥地里难以行走的难题。

施工中，职工还结合重庆段山多、水多、弯多、人员设备行走困难等特点，对以往使用的对口器进行了改进，自制了轻巧灵便的顶丝式外对口器，即利用两块活动弧板卡住死管，从弧板上均匀地伸出6个支撑块，支撑块上焊上丝杠来固定活管。

这种对口器重量轻，携带方便，操作简易，不仅降低了工人的劳动强度，而且对加快施工进度，确保工期起到了积极作用。

在时间紧、困难多、任务重、工期短的不利情况下，管道三公司项目部把艰苦的工作环境、艰巨的施工任务，作为锻炼队伍、锤炼作风、塑造形象的好机会、好舞台，他们激励职工们为开发建设西部多作贡献。

项目部制定了灵活的经济政策，按日、周、月进行考评，实行多奖少罚的政策。

项目经理张志宏一方面积极协调各方面的关系，一方面深入施工现场，靠前指挥，在保证安全和质量的前提下，采取各种有效措施加快施工进度。

各机组因地制宜,群策群力,争分夺秒地向前抢工期。

化建七处合理安排人员和设备,将队伍分成4个小班组突击作战,有效地加快了施工进度。

化建二处的施工地段障碍物多,地形复杂,职工不怕麻烦勤搬家,见缝插针组焊管道。

化建六处的施工地段邻近重庆永川市,人口密度大,唯一的一条进管路线不是高坡就是水网,运管非常困难。但他们迎难而上,用管车运、设备拖、人工抬等多种方式进管布管。

防腐工程处的职工们紧盯管线焊接,哪里焊接完成,他们就赶到哪里补口。

由于长时间在泥水里浸泡,许多人的脚都泡烂了,手也划破了,但大家都毫无怨言,仍然坚持在施工现场。

管道三公司终于按期完成了重庆段的管道主体焊接任务,其焊口射线检测一次合格率高达99.48%,向国家重点工程交上了一份满意的答卷。

地方政府支援兰成渝输油管道建设

1999年4月,甘肃省土地局遵照省政府的指示,本着对兰成输油管道建设采取特事特办的精神,为加快管道的扫线、土石方、隧道、管沟开挖等工作,派省土地局统征办公室主任随施工部队和兰成管道工程项目经理部人员,同赴陇西、康县阳坝实地走线,现场落实土地征用问题。

1999年6月17日,甘肃省经贸委郝主任一行3人来兰成管道项目经理部调查了解工程建设准备情况。郝主任对项目经理部所做的工作和今后的安排给予充分肯定,同时表示,省经贸委将一如既往地支持管道建设。

兰成渝输油管道工程建设作为造福一方的大事,得到了沿线地方政府、各级官员和老百姓的支持。他们像当年支援自己的队伍打仗那样,当向导,让土地,供给衣食住行,他们是兰成渝输油管道工程建设的另一功臣。

甘肃省给管道建设的宽厚政策,为输油管道工程建设按时开工开了绿灯,也为其他地区带了好头。

1999年7月1日,成县人民政府就兰成输油管道工程建设用地的有关问题,向各有关乡镇人民政府、县直有关单位发出通知,强调兰成输油管道是国家"九五"期间的重点建设项目,各有关乡镇都要从国家经济建设的大局出发，积极做好宣传动员工作，全力配合工程建设，搞好军民共建。

通知同时要求，要特事特办，及时解决和协调建设过程中出现的矛盾和问题。县直各有关部门要全力配合，热情服务，大力支持，及时为工程建设提供所需的相关资料，确保前期工作顺利展开。

各级地方政府把重点工程建设当作自己的事情办，给政策，派人力，配合工作。

2000年3月28日上午，礼县人民政府副县长崔亚军在盐关镇主持召开了由县土地局、民政局、交通局、林业局、公安局负责人以及有关乡镇负责人参加的办公会议，要求县直有关单位和涉及的乡镇要充分认识这项工程建设的意义，一定要协调解决好施工中出现的矛盾和问题，不能推诿扯皮，使礼县境内的这段大工程顺利完工。

各级地方政府积极协调解决施工中遇到的矛盾，按照特事特办的原则，为施工提供方便；对极少数人以多要钱为目的阻挡施工的行为，坚决予以制止。

1999年7月27日，兰州军区与宁强县人民政府就输油管道宁强段前期准备工作召开协商会议。

宁强县人民政府表示，这条管道建设是军民共建、共用、共管的国家重点工程项目，对国家、部队、地方都有利。因此在该工程正式批文下达前，双方将共同努力，积极做好前期各项准备工作。

在工作过程中，宁强县人民政府将积极参与，全力支持，并负责解决宁强段建设中可能出现的矛盾纠纷，在不违背国家法律、政策的前提下，努力为建设单位营造一个良好的建设环境。

1999年8月16门，宁强县副县长、输油管道宁强段工程建设协调领导小组副组长张正荣在安乐河乡召开办公会议，专题研究管道工程宁强段建设的有关事宜。

会议在广泛讨论、征求意见的基础上，对地方配合工程建设的各项工作进行了安排，并同有关乡镇签订了责任书。

会议要求：

涉及的乡镇和有关部门，务必树立强烈的机遇意识，配合、支持好这项工程建设。

广坪、安乐河、八海三乡镇要把责任书确定的工作内容当作政治任务坚决完成。

各有关乡镇要针对工程建设中的征地、拆迁和施工问题认真研究，制定一套切实可行的政策和具体措施。

土地征用和拆迁要急事急办、特事特办；县上各有关部门要相互配合，积极支持，一路开绿灯。

2000年4月22日，宁强县人民政府在八海乡再次召开协调会，专题研究宁强段建设中出现的有关问题。

会议认为，搞建设不可避免要遇到一些问题，对工程建设中出现的具体问题，要按照相互支持的原则，积极协商解决，确保施工顺利进行。

在工程建设中，地方要主动给施工提供方便，建设和施工单位以及部队也要照顾地方利益，尽可能地避免给当地经济发展和群众生活带来不利影响。

协调会后，负责隧道掘进的部队官兵认真清理了河道弃渣，确保了水流畅通，保护了当地的生态环境，受到当地群众的高度赞扬。

2000年5月29日，广元市人民政府常务副市长唐全林主持召开了输油管道广元段施工建设有关问题的协调会议。

会议要求工程涉及的各县、区政府和有关部门要高度重视和积极支持工程建设，协助建设单位、施工部队做好建设用地的拆迁、补偿、施工协调等方面的服务工作，确保工程建设顺利进行。

为了做好有关协调服务工作，广元市政府成立了支持兰成渝输油管道建设协调领导小组，由副市长罗蜀平任组长。随后，朝天区、市中区、剑阁区、青川县政府也相继成立了协调领导小组。

2000年7月17日，广元市人民政府重点建设项目领导小组办公室向沿线各县区、协调领导小组、市级有关单位发出《关于切实做好兰成渝输油管道建设广元段施工协调工作的通知》。

"通知"要求：

　　各相关乡镇建立协调小组，村、社要明确一名干部负责本辖区具体工作的协调，做到层层分管，事事有人，一级抓一级，层层抓落实；各级各部门要严格执行有关补偿政策规定，各类补偿，必须由产权单位、施工单位会同建设单位核定实物数量，登记造册，按政策规定给产权者兑现补偿费；凡工程需要的砂石、片石等材料要合理定价，任何单位和个人不得以任何理由哄抬市价，更不允许乱定价、乱要价的问题发生。

7月18日，兰成渝输油管道工程四川段在广元市朝天区正式开工。

2000年9月18日，简阳市常务副市长李庆威主持召开现场办公会，专题研究简阳分输站选址及其有关问题，明确该项目享受简阳市招商引资的有关优惠政策。简阳市成立了以市委副书记陈华强为组长的项目协调领导小组。

9月19日、20日，资阳地区行署和内江市人民政府也先后召开资阳分输站和内江分输站项目建设有关问题的议事会。

会议强调：

兰州至成都至重庆输油管道工程是国家实施西部大开发的一项重点工程，分输站是为配合该输油管道工程、促进当地经济发展而实施的一项重点工程。市、县（区）各有关部门要统一认识，大力支持，提高效率，搞好服务。分输站建设的一整套手续，由地、市有关部门采用"一站式"一次性办理完毕。

为了加强对该项目的领导和协调，两地市相继成立了协调小组，并把该项目作为市重点项目进行考核。内江市还要求输油管道经过的资中县、市中区、东兴区、隆昌县政府召开一次与工程有关的乡、镇长会议，搞好对人民群众的外部施工环境，确保工程建设顺利进行。

2000年6月底，兰州境内连降暴雨，位于兰州临洮巴下寺的洮河水势汹涌。

7月2日，多年未见的山洪突然爆发，以不可阻挡之势冲垮了堤坝，淹没了方圆2000亩农田，望着自己辛苦操劳丰收在即的庄稼一夜之间毁于一旦，老百姓欲哭无泪。

当地政府为了最大限度地减少农民损失，向管道局第二工程公司兰成渝项目部请求紧急支援，帮助疏通河道。

当时，管道二公司机械施工处的工人正在 25 公里以外的洮河岸边打压。接到通知时，他们也正在抗洪保设备，人、机都已经一天一夜没停了。

但处里从大局出发，立即抽调一台挖掘机增援。当平板车把挖掘机运到出事地点时已是黄昏。

操作手李继明顾不上休息，与当地村民一起连续奋战了三天三夜，终于疏通了河道。

望着渐渐退去的洪水，老百姓感动得热泪盈眶，连声说："多亏了你们管道工人，我们一辈子也忘不了你们啊！"

有几个标段的主体管线分布在甘肃偏远的贫困山区，沿途交通不便，经济不发达，承担施工任务的管道局第三工程公司每到一处，都要求职工不给当地群众添麻烦，并尽可能地帮助当地百姓解决一些具体困难。

化建二处在成县化垭乡施工时，管道恰要经过一片农田，处长韩超当即决定，改沟上作业为沟下组焊，以减少地面作业带的宽度，这样虽然增加了施工难度，但却最大限度地保护了农民的利益。

储罐七处在康县施工时住在岸门口，他们发现当地用水比较困难，就自己出资打了一眼压水井，为驻地群众提供方便。

压力容器厂试压机组的职工利用自己的技术优势，为沿线农民修理农机具 10 多台次。

住在康县秧田乡的化建四处职工还向驻地小学捐款

1000 元。

管道职工的无私相助,得到了沿线群众的高度赞誉和真情回报,他们以各种方式对管道施工提供支持和帮助。

2000 年 12 月,管道三公司运输处的一辆运管车因遭遇风雪,被迫停在天水至西和途中的一段山路上,很不安全,近百名过往司机和当地群众齐心协力,帮助把车推到了安全地带。

2001 年 7 月下旬的一天,管道三公司电仪处的两名职工为测量阴极保护桩的桩位,爬了十几公里的山路,到成县化垭乡时已是饥渴难耐了。

山上一农民见状热情地把他俩邀到家里,怕外地人喝不惯生水,又专门煮了两杯浓茶。

在兰成渝输油管道工程的一段,有一个看似平常但绝非平常的小村落,那就是甘肃武山县洛门镇大柳树村。

早在 20 世纪五六十年代,这个小村曾是赫赫有名的西北三面红旗之一,并被国务院命名为"文明村"。而在当时,这样的村全国只有 4 个。

兰成渝输油管道经过这里时,这个村的老百姓有不少耕地和果园被毁,有几户村民的房子也被推掉了,但他们却毫无怨言,尽全力为管道建设提供方便。

有一户人家的祖坟正好在管道施工带上。按当地的风俗,迁祖坟可是大事,要祭祖 3 天。

可是村里头一天通知,这户人家第二天就迁完了。

从征地、施工、收尾到最后的工序结束，全村没有一户人家阻挠施工，也没有一户提出无理要求。不仅如此，村民还自发地给施工队送水、送饭。

在一个晴朗的早晨，兰州项目部把一面锦旗送到村党支部杨书记的手中，旗上绣着"发扬优良传统，支援国家建设"几个醒目的大字。

大柳树村沸腾了，村民们放起了鞭炮，敲起了锣鼓。

杨书记也很激动，不停地说："这是我们应该做的……"

当项目部有关人员问起邓小平到村子里来的那一段光荣的往事时，杨书记脸上闪着光，话也多了起来。他说："那是1958年的事了，是邓小平同志亲自把奖状送到我们村里来的，听老人们讲，当时来了20多辆车呢……"

杨书记望着欣喜的人们和欢呼雀跃的孩子，激动地说："大柳树村好久没有这么热闹了。"

项目部的同志问杨书记："村民为什么会这么配合管道建设呢？他们是怎样看待这个工程的呢？"

杨书记笑了，他说："这是国家的重点工程，开发西部，为老百姓造福啊，挡啥？不就是用地嘛，国家也没亏了咱老百姓，用地给赔偿，用完了还给推平、恢复好。再说，就连我们种的地也是国家的呀。"

施工部队1999年7月陆续进驻成县抛沙镇、二郎乡、陈院乡、化垭乡、镡河乡5个乡镇境内时，县委书记、县长带领武装、民政、宣传等部门的领导,送去西瓜,饮料等慰问品,施工部队官兵深受感动。

施工部队指挥部急需在县城设立办公室,县委常委、人武部政委李学仁积极与县上领导协调,分头选址,最后选定在县城中心新华书店三楼,县人武部还为指挥部提供了办公桌、椅子、床板、电视机柜等必要的办公和生活设施。

为了给管道工程建设创造一个良好的社会环境,李学仁还利用参加地方会议的机会,大讲支持管道工程建设的重要意义,并积极帮助协调地方关系。

兰成渝输油管道通过国家验收

2002年4月8日,对许多参与兰成渝输油管道工程的建设者和管理者来说,无疑是一个节日。这一天,兰成渝输油管道通过国家验收。成千上万的建设者和管理者的脸上露出了欣慰的笑容。

兰成渝输油管道是国内第一条长距离、大口径、高智能化的成品油管道,其建设、投产和运行难度,在国内管道建设史上绝无仅有,在世界范围内也是少见的。

管道建成后能否安全平稳运行,一直是人们关心的焦点。负责运营管理的兰成渝输油分公司以高度负责的精神抓管道安全平稳运营,交了一份令人满意的答卷。

在试投产过程中,公司成立了以主管领导为安全责任人的管道保卫领导小组,建立了相关制度。

输油分公司先后在沿线所在地招聘护线员、值守员211人,加强安全生产监督管理,建立健全安全生产责任制,设立安全总监,实行领导干部要害部位安全生产承包责任制,强化安全监督管理,规范安全生产。

兰成渝输油管道投产后,由于管道内壁铁锈等杂质的原因,致使成县和广元西减压站的通过能力受到影响。为此,输油分公司采取在收球筒内加装滤网、在过滤器内加装磁铁、对管道进行清管、增大减压阀的阀芯流通宽度等措施，确保了管道的平稳运行。

为减轻自然力对管道的破坏，兰成渝输油分公司采取不断加固防护工程，加固堤防、治理滑坡、修整道路，确保管道安全并能应对紧急状态下的维修保护工作。

为加强对管道的保卫工作，兰成渝输油分公司与管道沿线地方政府、公安部门积极加强协调与沟通，建立起企警、企地、企民"三体一网"的管道保护体系，沿线甘肃、陕西、四川和重庆三省一市都相继下发文件或公告，公检法机关加大对不法分子的打击力度，有力地打击了不法分子的嚣张气焰。

为增强管道的应急处理能力，兰成渝输油分公司修订完成的"兰成渝管道应急抢修预案"，已通过国家安检总局的审验。

先进的管道要求有高素质的人才来管理。从管道建设开始，兰成渝输油管道的管理者就十分重视人才的培养。该工程培育了一批熟悉国际惯例、业务素质高、作风过硬的管道建设人才，而管道的投入运营又为中国石油提供了一个培养成品油输送技术人才的平台。

参与兰成渝输油管道建设的部分人才留在了管道沿线，担任管理人员和技术人员。他们的业务技术过硬，且对管道熟悉，为管道的生产运行增加了保障。

为适应兰成渝输油管道高技术管理的要求，兰成渝输油分公司坚持实施人才战略。工程建设期间，这个分公司就派出 50 人到国外接受各专业技术培训。投产以来，陆续对专业技术和管理人员进行各类培训 200 人次。

同时，兰成渝输油分公司充分利用这一技术管理平台，陆续建设起成品油顺序输送模拟仿真实验室、成品油管道封堵技术实验室等，力争在几年内将这里建设成成品油输送技术的人才培训基地和研发基地，让更多的人掌握多品种成品油及石化中间产品顺序输送技术和大落差、高压力成品油管道的保护和抢修封堵技术，提升中国石油在成品油输送方面的技术能力。

作为我国实施西部大开发战略的第一个能源基础性项目，兰成渝输油管道将西部石油资源与西南石油市场一线贯通，消除了铁路运输成品油的"瓶颈"，因而被誉为中国石油集团公司的生命线工程。

同时，因这条管道具有重要的军事战略意义，备受国务院、集团公司和社会各界的关注。

这条管道自 2002 年 9 月 29 日投产以来，每年都将数百万吨的成品油输送到急需成油品的西南地区，极大地缓解了我国石油资源分布不均的局面。中国石油四川销售公司总经理杨顺成说："当前四川市场上的成品油 70% 以上是通过兰成渝输油管道提供的。"

这条管道的建成投产，为四川省乃至西南地区提供了一条安全、稳定、快捷、经济的油品运输通道，改变了这一地区的成品油销售模式，提高了中国石油在这一地区的核心竞争力。

重庆市场需要的上百万吨成品油也正是通过这一运

输渠道解决的。

　　为提升管道社会价值和效益水平，负责管道运营管理的中国石油管道公司兰成渝输油分公司，坚持服务于市场的运营理念，逐步优化批次运行顺序，降低混油量及运输成本。兰成渝输油分公司尝试利用这条管道输送多种介质，从90号、93号汽油到0号柴油、航空煤油。

　　管道增加管输开口和增加分输量是大势所趋，沿线已有两个地区提出这类要求。兰成渝输油处计划用3至5年的时间，将分输点增加3至5个，为兰成渝管道发展创造更大的空间。

　　2002年11月10日，当滚滚油龙从兰成渝输油管道终点站奔涌而出的时候，参加工程建设的兰州军区所属部队官兵欢呼雀跃，心潮澎湃。

　　沟壑纵横的黄土高原，荆棘丛生的陇南山区，山势陡峭的秦巴山岳，兰成渝输油管道工程仿佛一条巨龙，蜿蜒群山峡谷间。

　　金陇管道公司总经理董盛厚在谈到军民共建时说，石油石化企业重组以后，当时要抢建这条管道，集团公司党组和兰州军区党委作出了军民共建的决策，用军民共建的形式来建设这条管道。3年多的实践证明，这个决策非常正确。

　　这条管道的建设难度在国内管道建设史上是前所未有的，同时建设的意义十分重大，不仅对促进西部经济的发展十分重要，而且还有很重要的战略意义，将来很大一部分军用油品要用这条管道运。

如果没有两大军区广大指挥员、指战员的参与，没有两大军区最高首长的正确决策，这条管道最起码要延后两年才能够开工建设。

中国石油天然气股份公司副总裁史兴全来到兰成渝输油管道建设现场视察后，发自内心地讲："我干了30多年的工程，这么艰难的工程还没有见过。这条管道能有今天，全靠解放军了。这真是'军民团结如一人，试看天下谁能敌'。"

军区兰成渝输油管道工程指挥部的领导也说："这条管道的建设对促进我国中西部地区的经济发展，改善部队后勤供应方式都有重大意义。

"因此，在尽可能短的时间内，以尽可能少的投资，建设一条高质量的输油管道是符合党中央、国务院和中央军委关于军民共建、平战结合、军民共用的指示精神的。

"这种军民共建管线的形式，同时也是新时期部队后勤改革迈出的新步伐。"

本书主要参考资料

《紫气赋》中国作家协会编 作家出版社

《蜀道丰碑：兰州—成都—重庆输油管道建设纪实》
　　胡立辉主编 石油工业出版社

《兰州—郑州—长沙成品油管道工程地质灾害危险性
　　研究》继江主编 中国大地出版社